U0080000

86

—不存在的戰區—

Why, everyone asked.
Without knowing that it is insult.

［作者］
安里アサト

［插畫］
しらび

［機械設計］I-IV

EIGHTY SIX Ep.3

—Run through the battlefront—（下）

ASATO ASATO PRESENTS

The number is the land which isn't admitted in the country. And they're also boys and girls from the land.

Kadokawa Fantastic Novels

少女瞪視迫近的敵人，
少年追問自己活著的意義。

辛與蕾娜——
在不知對方生死的狀態下，
兩人站上各自的戰場，
挺身戰鬥。

然後，年幼女孩也拿起了手槍。
為了向曾經愛過之人告別。

「在那一刻，
鋼鐵巨龍確實
看見了它奉為主君的女帝。」

CHARACTERS

齊亞德聯邦軍「極光戰隊」

辛

被聖瑪格諾利亞共和國蓋上代表非人──「八六」烙印的少年。擁有能聽見軍團「聲音」的異能，再加上卓越的操縱技術，征戰諸多沙場而存活至今。

芙蕾德利嘉

開發「軍團」的舊齊亞德帝國之遺孤。為了打倒自己的騎士且有如兄長般──但如今已遭到「軍團」吸收的齊利亞──請求辛等人協助。擁有能「窺見相識者的過去及現在」的異能。

EIGHTY SIX

萊登

與辛一同逃至聯邦的「八六」少年。與辛有著不解之緣，一直以來都在幫助因為「異能」而容易遭受孤立排擠的辛。

可蕾娜

「八六」少女，狙擊本領出類拔萃。對辛懷有淡淡的好感，最後究竟會──？

賽歐

「八六」少年。個性淡漠，嘴巴有點毒，而且愛挖苦人。擅長運用鋼索進行機動戰鬥。

安琪

「八六」少女。個性文靜且端莊，但戰鬥時會表現出偏激的一面。擅長使用飛彈進行大範圍壓制。

葛蕾蒂

軍階為中校，負責統率辛等極光戰隊成員隸屬的「第一〇二八試驗部隊」。開發了新型機甲「女武神」。

班諾德

極光戰隊的上級軍曹，視比自己小上十幾歲的辛為指揮官並敬重有加，率領以傭兵（禽獸）組成的小隊。

登場人物介紹

Why, everyone asked. Without knowing that it is insult.

The number is the land
which isn't
admitted in the country.
And they're also boys and
girls from the land.

齊亞德聯邦軍「第八機甲軍團」

尤金

辛在軍官學校的同梯友人，從軍後仍有來往。在「軍團」的攻擊中身受致命重傷，由正好在場的辛執行了安樂死。

馬塞爾

尤金的摯友，曾經逼問、辱罵過沒有出手搭救尤金的辛，但受到長官勸誡。

齊亞德聯邦政府

恩斯特

齊亞德聯邦政府的臨時大總統，將從聖瑪格諾利亞共和國逃亡過來的辛等「八六」們收為養子。個性溫和，但在政治場合中的能幹表現相當卓越。

舊齊亞德帝國

齊利亞

辛的男性遠親，過去曾是芙蕾德利嘉的近衛騎士。在漫長的戰火中逐漸失去理智，在對逼害芙蕾德利嘉的聯邦體制心懷怨恨之下，不幸遭到「軍團」吸收。

聖瑪格諾利亞共和國

蕾娜

曾與辛等「八六」一同抗戰到底的少女指揮管制官。在辛等人執行特別偵察任務時因擅自動用兵器掩護他們而遭到懲處，從少校降級為上尉。如今仍堅毅揮軍抵抗軍團的大規模攻勢。

阿涅塔

蕾娜的摯友，擔任「知覺同步」系統的研究主任，軍階為技術上尉。與淪為八六遭放逐於八十五區之外的辛其實是兒時玩伴。

西汀

「八六」之一，在辛等人離去後成為蕾娜的部下，身懷高超的戰鬥技術。個人代號為「獨眼巨人」。

卡爾修達爾

蕾娜父親的友人，軍階為准將。雖然察覺共和國的隱憂卻置之不理，使得蕾娜對他感到絕望，決意走上自己的道路。

MAP

「齊亞德聯邦」西部戰線 戰域圖

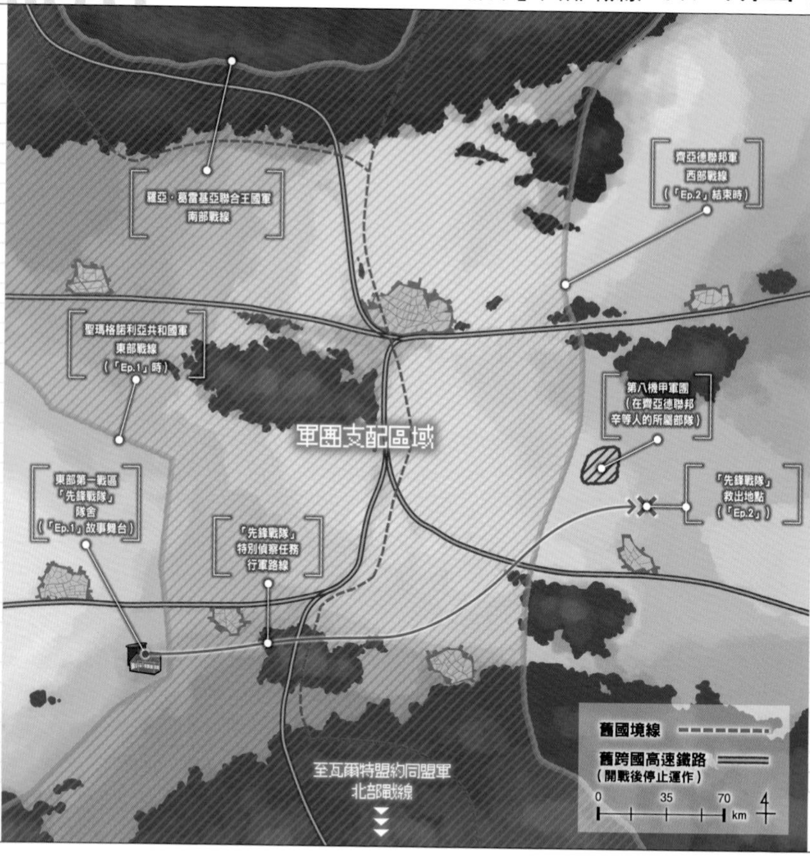

[概 述]

齊亞德聯邦西部戰線位於內陸，乃是以平地與森林為主體的戰域。舊國境北部為寒冷地帶，鄰接「羅亞・葛雷基亞聯合王國」，溫暖的南部地區則毗鄰「瓦爾特盟約同盟」，這兩國都是運用山地與森林地形抵禦軍團進犯。目前從齊亞德聯邦前線到更西方的「聖瑪格諾利亞共和國」全落入「軍團」的勢力範圍內，然而被稱作「八六」，遭到共和國流放的一群少年少女突破這個區域，來到了聯邦。

「電磁加速砲搭載型軍團」出現

西部戰線近年來戰況原本漸有起色，然而前次軍團的大規模襲擊，以及利用「電磁加速砲」發動距離長達數百公里的攻擊，造成情勢一口氣惡化。敵軍兵器的射程幾乎遍及以上地圖的全境，據推測，敵方可沿著舊跨國鐵道網移動，藉此直接攻擊各國中樞機關。除非擊破這架敵機，否則人類將沒有未來可言。

86

[map design] 来栖達也

他們說過，那是驕傲。
除此之外，他們什麼都還不知道。

——芙蕾德利嘉・羅森菲爾特《戰場追憶》

放眼望去，戰場上整片盛開的虞美人紅花，在燒盡天空的晚霞之下，美得瘋狂。

位於大陸北邊的共和國第八十六區戰場，一到日落時分便冷得刺骨。辛感覺到薄暮晚風逐漸奪去長時間戰鬥的熱度，同時只是仰望著遲暮的天空。

自從成為共和國「有人搭乘式」無人兵器——「破壞神」的處理終端並踏上戰場以來，已經過了一年多。他完全習慣了這種沉寂。

在敵軍與友軍一律平等地全軍覆沒的戰鬥之後。

無論被分派到哪一處戰隊，最後等待自己的永遠都是這種所有同伴戰死沙場的無人寂靜。同樣的事情反復上演一年，也該習慣了。

鳥類與動物都害怕硝煙味與砲聲而噤語，連一隻小蟲都不飛的世界紅如火燒，凍結在無聲的靜謐中。只有不絕於耳的亡靈之聲不曾止息，但現在聽著，卻也覺得遙遠。「軍團」潛藏於它們的支配區域中，今天似乎不會再出來了。

話雖如此，毫無意義地獨自留在戰場，也是個頗有勇無謀的行徑，但他還是很想再動也不動地待一下。雖說已經習慣戰鬥，但這副身體才剛滿十二歲，連身材都尚未長高，還是個未成熟的孩子。與「軍團」經過一番激戰，而且僚機在戰鬥途中就已經一架都不剩，這也讓他累壞了。

——送葬者。呃，除了貴官之外，還有幾人……

對於自己身為共和國民（白豬）毫無半點自覺，自以為善心的管制官的聲音無意間重回腦海，使他瞇起了眼睛。

這問題本來就沒什麼好問的。

在無人戰死的這個戰場上，處理終端喪命是理所當然。

八六喪命是理所當然。

在這個退路遭到要塞壁壘與地雷區斬斷的戰場，八六必須代替人類去死。就算活下來了，最後也一定要毫無意義地去死。強迫八六落入這種命運的，正是他們那些共和國民。

雙親與哥哥姊姊那一輩都老早就死了，在無人庇護的環境下長大，作為處理終端置身於受人期待戰死的嚴酷戰場，以及共和國士兵露骨的——明槍暗箭地咒自己去死的惡意之中。快的話就是一瞬間，慢的話五年後也有不可避免的死亡等著自己，所以他們早已習慣於直視死亡。

不得不習慣。

——哎，反正都要死，能得到我們死神的指引，倒也不錯。

所有人都這麼說。

都先走一步。

是啊。

或許是吧——他瞇細如同此時天地染上的色彩，像血一般鮮紅的雙眸。

最早分派到的部隊，除了辛一個人之外全軍覆沒。

下個部隊也是，再下一隊也是，就連現在隸屬的戰隊也是。每次總是只有他存活下來。

他也已經習慣遭人忌諱，被人當成聽取亡靈之聲，招引死亡的怪物。

因為，那大概是事實。

——都是你害的。

就像過去哥哥說的那樣。

他明明就那麼說過。

辛回想起來的，是最後一次看見哥哥時，他頭也不回離去的背影。

太陽沉沒逝去，辛明知搆不到，仍是往昏暗的天空伸出了手。

哥哥。

你為什麼要把我——

86

—不存在的戰區—

Why, everyone asked.
Without knowing that it is insult.

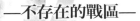

EIGHTY SIX

The number is the land which isn't
admitted in the country.
And they're also boys and girls
from the land.

ASATO ASATO PRESENTS
[作者] 安里アサト
ILLUSTRATION／SHIRABII
[插畫] しらび
MECHANICALDESIGN／I-IV
[機械設定] I-Ⅳ

Kadokawa Fantastic Novels

86

—不存在的戰區—

Why, everyone asked.
Without knowing that it is insult.

[Ep.3]

— Run through the battlefront —（下）

間章　拿起你們的槍

燈火管制實施中，除了夜巡隊之外，前線已是夜深人靜的時段，但自己卻與存活下來的所有戰隊連上了知覺同步。

這件事實，使蕾娜悄悄咬住了淡紅嘴唇。

他們早有準備了。

他們早就準備好面對有朝一日這一刻的到來。拋下對迫在眉睫的毀滅渾然不覺，舒舒服服地睡大頭覺的共和國，即使力有未逮，至少也要抵抗來犯的「軍團」大規模攻勢到最後一刻。

根據過去曾待過東部戰線的「死神」預言，或是與敵軍對峙帶來的觀感，心懷榮耀的八六們知道自己的滅亡之日終將到來，但仍一路奮戰至今。

無論如何，蕾娜向各隊求援——請求部隊集合至八十五區內馳援，不等每個人回答就切斷知覺同步，奔赴管制室。不用聽什麼回答，只要對方有意協助，自然會來到八十五區（這裡）。在那之前，她必須清除阻隔八六們與共和國的地雷區，還得開放鐵幕的大門。

她輕輕摁住黑色軍服的胸口，有內口袋的那個位置。

因為那是他們最後的願望。

在通過走廊時，有人站在她的背後。

「——妳這是在做什麼，芙拉蒂蕾娜．米利傑上尉？」

那人同時抓住了蕾娜的手臂，她吃了一驚，回過頭來。

看著站在眼前的人物，蕾娜低吟道：

「卡爾修達爾准將……！」

她把被抓住的手臂一甩，正眼瞪向比自己足足高一個頭的人。

這裡是分水嶺——是共和國……是八六們與蕾娜能否存活的生死關鍵。

她才不會讓這種迷迷糊糊沉浸在半吊子絕望裡的渺小男人妨礙自己。

「我要清除地雷區，並開放鐵幕……我將呼叫前線各戰隊進入鐵幕之內，集中戰力迎擊『軍團』。這麼一來，還有一線生機……」

「算了吧，與其把八六叫進來，不如就這樣被『軍團』滅了，對共和國民來說還比較好。」

「都什麼時候了，您還——……！」

難道這人仍然固執於連自己都不相信的命題，主張只有白系種是人，八十五區內是只屬於白系種的樂園，而打算坐視祖國覆滅嗎？

「八六不可能為了共和國而戰。」

聽到對方鄙夷地說出的話，她感覺像被揮了一巴掌。

「他們遭受共和國迫害、遺棄、虐殺。事到如今就算哀求他們保護我們，八六也沒有義務跟理由接受……充其量只會嘲笑我們活該吧。」

蕾娜咬牙切齒。

這種事情她當然知道。

就算撕裂了嘴，她也無法厚臉皮地要八六幫助、保護自己。

但是……

「他們是沒有義務，但要理由的話有。我們還坐擁他們所沒有的發電機與自動工廠。為了活下去並抗戰到底，他們會需要這些。在戰場上存活至今的他們，想必明白這點。」

卡爾修達爾皺起了帶著傷疤的臉。

那表情就像是看到某種難以忍受的事物一般。

「豈有可能那麼順利？……沒錯，他們起初或許會乖乖聽命。但他們很快就會察覺，與其保護幫不上忙又只會抱怨的國民而挺身戰鬥——不如只靠自己對抗『軍團』還輕鬆得多了。」

「……！」

「屆時會發生什麼情況？只是大屠殺的話還算好了。但是學過歷史的妳，應該也知道不會那麼簡單了事吧。何況是……身為年輕女性的妳。」

對方暗示的血淋淋下場令蕾娜畏怯了。

她並非沒有想過。

蕾娜一直在指揮戰鬥，或許多少得到了目前戰隊處理終端們的信賴。但那對他們而言，也不過是躲在安全後方的白豬的所作所為。

也許一把他們叫進八十五區的瞬間，自己就會遭到殺害——她並不是沒想過這點。甚至是更可怕的暴力。

但即使如此——

她隔著軍服摸了摸內口袋……觸碰裡面用防水袋裝好隨身攜帶，無論「軍團」何時展開大規模攻勢都不會丟失的信件與照片。

這是他們最後留給自己的話語與心意。

「即使如此……我還是不願意一開始就放棄一切，只是漫不經心地等死。就算會力有未逮而死……至少我想戰鬥到最後一刻。」

否則蕾娜將沒臉面對用這種態度活過並殞命的他們。沒臉面對相信她也能抱持相同態度的辛等人。

白銀色兩對眼眸的視線衝突了一會兒——忽地，卡爾修達爾別開了目光。

「那就隨妳便吧。」

他就這樣轉過身去，步向走廊的反方向。寬闊的背上，用背帶揹著的突擊步槍沉重地晃了晃。

那是共和國制式的七・六二毫米口徑。經過精心保養，但型號是舊了一款的，只有單發及三發點放的規格。

那就好像是卡爾修達爾在年少時，軍隊所使用的款式。

每位兵員都能拿到一把專用的軍用步槍，無論訓練或是戰鬥都只用自己的專用武器上場。突擊步槍雖是工業製品，但每把槍都有細微差異。包括這些差異在內，這麼做是為了讓兵員摸熟武器的特性。

卡爾修達爾年紀尚輕時領取了他的步槍，十年前用來對抗「軍團」，然後就陪伴他直到此時此刻。

「准將——？」

「作夢是孩子的特權，米利傑上尉。而在孩子從夢中轉醒過來，見識到殘酷無情的現實，遭受慘痛打擊之前守護好這場夢……則是大人的職責。」

他一手拉鬆領帶扯掉，隨手一扔。這時蕾娜才注意到，將官厚重軍服下的雙腳，穿著一點也不搭的，只注重實用性的野戰用軍靴。

他從一開始就有此打算……？

「妳就儘管被現實擊垮吧，蕾娜。看著妳所期望的甜美夢想，在面對現實時慢慢毀壞吧。」

「等——」

蕾娜差點就對著「叔父大人」的背影伸出了手……但她抿緊嘴唇，那隻手握成了拳頭。

她一聲撞響軍靴鞋跟，對頭也不回的那個背影敬禮。

「好的，祝您武運昌隆——卡爾修達爾准將。」

蕾娜簡潔地喃喃自語後再度邁步，走在深更半夜的國軍本部走廊上。

永存心中的，是他在最後留給自己的話語。她一再反覆閱讀，並刻印在腦海裡，彷彿黑暗中亮起的指引之星的那番話。

要是有一天，妳來到了我們抵達的場所……

我會的，辛。

你所抵達並長眠的那個地方。

我一定會走到那裡。

†

在蜂擁而至的「軍團」大軍狂奔般的砲擊與劍影間，辛忽然像被拉回到現實似的回過神來。

他覺得自己似乎聽見了某人的聲音。

但畢竟正處於出戰迎擊大規模攻勢，與敵軍展開的死鬥之中。那種感覺眨眼間便因為全心投入戰鬥而被拋諸腦後，忘得一乾二淨了。

辛從未想過，那或許是自己最後一次聽見「她」的聲音。

第六章　前往該地

電視播的「新聞節目」在哥哥所處的「西部戰線」解說「戰況」，聽說「聯邦軍」好像還成功趕跑了攻打過來的一大堆「軍團」。

這時家門前傳來汽車停下來的聲音，六歲的妮娜．朗茲便抬起頭來。

是高舉紅黑雙頭鷲國徽的聯邦軍公用車。那輛鐵灰色的轎車，會將從軍的哥哥尤金寫的信送來家裡。

伯母前去應門，也拿到了透著聯邦軍雙頭鷲水印的信封，妮娜知道那是哥哥寄來的，於是她踏著小小步伐走近過去。自從哥哥半年前進入特軍校受訓以來，妮娜只見過他幾次，一個半月前他正式從軍後，更是一次都還沒見到。那是大了十歲，堅強又溫柔的哥哥，妮娜最喜歡他了。

正要出聲喚出「伯母」時，妮娜發現她的神情有點反常，而茫然佇立原地。

收下信封的伯母臉色鐵青，因家事與家庭代工而變得粗糙的手也在微微顫抖。

將信件交給她的軍人，在一如平常的鐵灰色軍服上斜掛了黑色飾帶，嘴唇緊抿著。

怎麼了？

哥哥發生了什麼事？

這時，電視上正播報的新聞節目，從西部戰線前進基地轉播的影像中，剎那間塗滿了激烈閃光與無聲的爆炸巨響。

†

一扭動身子，玻璃碎片便從身上滑落，發出清脆的聲音。

將芙蕾德利嘉撲倒並趴在她身上的辛撐起身體。窗戶的玻璃全都破裂四散，塵埃受到激烈震動而飄落，在師團本部基地走廊的陽光中飛舞。

可能是被碎玻璃割傷了，左太陽穴傳來血液緩緩流下的感覺，辛隨便用手背擦掉。剛才那道足以讓玻璃碎裂，從趴著的他們上方通過的衝擊波，使得耳朵深處疼痛不已。

他看了一眼幾乎從牆上脫落的破裂窗框外頭，並瞇起了眼。

芙蕾德利嘉搖搖晃晃地站了起來。

「……停下來了啊。辛耶，受害的狀況……」

「別看。」

辛不等她回答，一隻手臂把只到自己心窩高度的小腦袋抱進懷裡，奪去她的視野。

在窗外，司令部基地約十公里的前方，勉強位於目視範圍內的第一四號前進基地（FOB）——一個有著五千餘名人員連隊的根據地，整個消失不見了。

不是崩塌也不是圮毀，而是消失。地平線上朦朧不清的灰色建築物剪影，消失得不留半點痕跡。只有大範圍瀰漫的薄薄塵土，訴說著那裡曾經有過一整座某種東西，但現已被砲擊炸得灰飛煙滅的事實。

瞥眼一看，會發現這座司令部基地也並非毫髮無傷。在稍遠處的一座機庫被流彈擊中，整座砸毀，悽慘地被炸飛成一處撞擊坑。無導引的超長距離砲擊圓機率誤差很大——砲擊的命中率不是很高。

壓扁裂開的營房與「破壞之杖」的殘骸，以及飛散的巨大砲彈碎片混在一起散落滿地，層層重疊，形成悽慘程度前所未見的破壞爪痕。

待在裡面的人——應該是無人生還了。

遭受到同樣砲擊集中轟炸的ＦＯＢ一四恐怕也是一樣。

裝甲車被極近距離的衝擊波震飛得翻車，可能波及了一些人，遠遠可以聽見有人在求救的微弱聲音。

芙蕾德利嘉聽見了，嬌小身軀震了一下緊繃起來。她硬是把頭轉向側面，只用一隻眼睛看向窗外，紅瞳大大睜開，為之凍結。

「這也……太……」

「芙蕾德利嘉。」

「齊利……竟做出此等行徑……？」

「芙蕾德利嘉，回房間去，不要看外面。」

忽然，芙蕾德利嘉抬頭看向辛。

她的脆弱眼眸彷彿泫然欲泣。

「汝……」

「……怎麼了？」

「汝不至於如此吧？不至於如同齊利這般——」

「那還用說嗎？我並不想變成『軍團』。」

他對人世可沒有留戀到死後還要冤魂不散。

這時，司令官辦公室的門應聲開啟。

「諾贊中尉，你沒事吧！」

「沒事。」

對方應該是看見了辛臉上的血痕，不過在這種狀況下，一兩道割傷算不上受傷。葛蕾蒂緊張地抿緊紅唇，以視線指向辦公室裡頭。

「你能聽出剛才的砲擊來自哪裡嗎？——我要反擊，得抓出確切位置才行。」

「了解。不過……」

辛放開芙蕾德利嘉，一邊推著她的背叫她回去，一邊緩緩搖了搖頭。

「能抓出確切位置，就有辦法應對嗎？……砲擊位置恐怕遠在幾百公里之外。」

†

成立之後沒多久，聯邦就將大半國力用在對抗「軍團」上，連整頓法治都窒礙難行，很多時候只能以「現場判斷」撐過一時。但也因為這樣，相關人士或關係部門的行動力很強。於軍事與國政上握有絕大權限的大總統更是如此。

「——認定該超長距離砲為新型『軍團』。此後稱其為『閃蝶』。」

這裡是齊亞德聯邦大總統官邸「鷲巢（Adler horst）」。

在帝政時期是皇帝居室，獨裁政權下曾是獨裁者的官邸，很有晚期帝政風格，顯得莊嚴威武的大皇宮大議場，如今成了軍事高層與官吏集會的國防會議場地。

座位呈同心圓狀排列的大議場中，恩斯特坐在最前列的中央席位上，仰望議場中央投影於半空中的全像式西部戰線３Ｄ模型。

「著彈數方面，第一波落在第八機甲軍團戰域的ＦＯＢ一四，五十五發。七十二分鐘後於ＦＯＢ一三，四十五發。十五小時後，於第五步兵軍團的ＦＯＢ二八與三〇，各五十發。」

只見砲擊從「軍團」支配區域內共計四處呈放射線向外延伸，到達代表前進基地圖示的位置。３Ｄ模型上方展開了四個子螢幕，投影出各基地受到砲擊後的影像。

本該在那裡的基地消失得無影無蹤，所有結構盡遭粉碎，只刻鏤出幾座撞擊坑，反映出化為荒野的砲擊痕跡。

「各FOB在這波砲擊下消滅，以這幾處基地為根據地的四個連隊，總計兩萬餘名人員遭到殲滅。」

才不到一天，四座前進基地就這樣沒了，還加上兩萬餘名戰鬥人員以及基地人員陪葬。

分析官受過訓練，在唸出報告內容時不會流露出多餘情感，但此時聲調也不免帶有緊張情緒而顯得僵硬。

「就目前推測的機體規格，主砲口徑為八〇〇毫米，最大射程四〇〇公里，砲擊初速每秒八〇〇〇公尺……推測為電磁加速砲。」

恩斯特瞇細了眼睛。

電磁加速砲。

那是將彈體夾在兩條導軌間，運用電磁誘導的方式加速並射出的投射兵器。

這種兵器需要龐大電力，而且難以小型化，但比起初速「頂多」只有每秒二〇〇〇公尺的火砲來說，優點在於能以超高速射出砲彈。而且質量彈的破壞力——動能，是以彈頭重量乘以速度平方計算。

雖說著彈時會衰減，但秒速高達八〇〇〇公尺的初速，加上口徑足足有八〇〇毫米——恐怕重達數噸的彈頭重量，憑著它莫大的破壞力，無論何種固若金湯的要塞基地都與沙堡無異，區區組合屋式的前進基地更是不值一提。

「——收容『他們』時的報告當中也有提及呢。」

「是的，只是來不及研發出對抗措施。」

主導開發「軍團」的帝立綜合軍事研究所中的多數研究員都投效舊體制派，與他們的據點一同受到「軍團」併吞。恐怕他們的知識甚至是腦部，就在那時為「軍團」所吸收了。

如今聯邦失去這些當時支撐帝國先進技術的人才，技術水準不足以與「軍團」在同一時期開發出同等級的兵器。

「第二波與第三波間隔的這十五個小時，推測應為換裝砲身的時間。既然口徑長達八〇〇毫米，砲身的磨損想必也很激烈——趁著這段時間，西方方面軍已備妥保有的所有巡弋飛彈，於第四波射擊之後實施全飛彈飽和攻擊。由於無從觀測彈著點，沒有正式的損害評估，但從狀況研判，應該給予了敵方一定程度的打擊。」

從交戰區域深處到「軍團」支配區域間，會因為阻電擾亂型的電磁干擾與干涉，使得所有導引全數失效。若是以短短幾十公里的距離將整座戰場當成目標就算了，想正中紅心射中位於一百公里外，而且可能只有高樓大小的目標，無異於痴人說夢。

在這樣的狀況下若還是要講求必中，就只能以數量彌補。而且必須做到一次用掉手邊所有巡弋飛彈的地步。

而且因為認為在對抗「軍團」的戰事中用不到，因此那些昂貴到嚇昏人的巡弋飛彈以及全域定位系統(GPS)用的人造衛星都已經許久沒有重新生產。

「在那之後，電磁加速砲型不再進行砲擊或移動，也可作為證明。只不過根據進行觀測的異能人士指出，這波攻勢並未擊毀敵機。」

順帶一提，異能人士指的是辛。恩斯特也是第一次聽到這件事情。

話雖如此，辛沒有告訴他也是無可厚非。他們八六在祖國時人權遭到剝奪，長年以來被當成人形兵器，因此比任何人都更深刻地體會到——在人類社會只要有藉口，再怎麼慘無人道的事都做得出來。他們想必是不願被當成好用的警報裝置，或是用來強迫別人做這種事的人質，在牢籠中終老一生吧。說不定下場還更慘。

事實上……他的異能如果是在其他狀況下曝光，恐怕已經演變成他們擔憂的情況了。糟糕的是，辛的異能可感知範圍異常廣大。他們可能將會無法按照自己的希望重新站上戰場，反而是被關在安全的首都近郊軍事設施或研究所裡，當成籠中鳥小心照料。

辛的人事檔案作為參考資料附在報告書中，恩斯特低頭看著夾在上面的大頭照，不禁咬了咬下唇。

他們那樣保持戒心守住祕密，卻甘願冒著曝光的風險，也要通知整個西部戰線敵軍來襲，在這樣危急的狀況下——我這個「監護人」竟是難堪到當他們面臨此等危機時，都無法作為依靠嗎？

恩斯特對於自己的窩囊感到氣憤難平。

辛長達五年都在與「軍團」死鬥，並存活了下來。恩斯特不知道到了此時，他是否還會感到害怕。

但他無法求助於任何人，只能獨自看著那樣的大軍進犯……想必相當難熬。

在議場的最前排，因為解析度太低而幾乎只能看見人形輪廓的一個全像畫面，慢慢地扭動了一下身子。

『——關於損害評估，我們聯合王國深入敵陣的自動機械已經成功觀測到電磁加速砲型。雖然未能直接命中，但肯定有造成了重大傷害喔。』

他是羅亞．葛雷基亞聯合王國王儲，扎法爾．伊迪那洛克。

作為羅亞．葛雷基亞聯合王國的代表人，趁著「軍團」本隊撤退，阻電擾亂型隨之撤離支配區域使得線路勉強接通，才能上線參加會議。

驚人的是，代表人不是聯合王國與「軍團」對峙的最前線南方戰線司令官，也就是王弟，而是王儲本人。他是僅次於國王的統帥權持有者，是聯合王國軍全軍的副司令官。看來電磁加速砲對聯合王國而言也是相當大的威脅。

看起來體型清瘦且挺直著背脊，據說是一位高齡女性將校的瓦爾特盟約同盟將官——正確來說，是她的全像影像也開口了。

她是同盟北方守軍司令官，貝兒．埃癸斯中將。那個自建國初期便遵從全民皆兵的國家政策，長久以來不分男女實施義務兵役制的道地武裝中立國家，看樣子尚未改變其性質。

『既然能夠接近到那樣近的距離，不如就由貴國的自動機械順便除掉電磁加速砲型如何？』

王儲似乎優雅地笑了。

『很遺憾，自動機械沒有那麼大的裝載量(Payload)。雖說是比較靠外圍的地區，不過它能成功進到「軍團」支配區域，正代表它比起「軍團」，是屬於相當小型的機體。這樣說吧……請當作是一位嬌柔少女能攜帶的那種程度。況且光是讓這一架深入敵地就已經犧牲了夠多機體，而且似乎還是件相當勞神費力的事。身為兄長，我不能勉強弟弟繼續操勞。』

看來他的弟弟沒有露面，一方面也是基於這個原因。

照這樣看來，他說的應該只是偵察、觀測機程度的小型機，屬於由管制官遠距離操縱的無人自動機械。既然必須由好歹貴為王族的王弟親自管制，可見或許有某些限制操縱者人選的理由。

貝兒中將冷哼了一聲。

『那還真是……出手大方啊。』

她所指的，除了為偵察所做的某些犧牲，恐怕也包括刻意在大家面前攤牌的本國軍武內情。

『畢竟今後我們是要共同作戰，有事何必瞞著各位呢？信任關係才是人類之間、國家之間最強韌的紐帶啊。』

八成是謊話吧。

誇耀本國戰力並強調付出的犧牲，提出可以提供的手中底牌。要求與牽制。這麼做是為了今後即將共同作戰之際，能盡量爭取到對自己國家有利的條件，而進行的談判之一。

在描繪出半圓形的最前排座位上，恩斯特正好將皮笑肉不笑地互瞪的兩國代表放在視野左右兩邊，露出一絲淺笑。

雖然在長達十年的歲月中，國際間不自然地斷絕了關係。

但這就是國交，這就是國家之間該有的樣貌。

貝兒中將似乎冷冷地笑了。

『您的心意真是令人欽佩呢，王儲殿下……既然如此，關於那些「軍團」的戰略、戰術演算法，也希望您務必闡述一下見解。畢竟「瑪麗安娜模型」——作為「軍團」原型的人工智慧模型就是由貴國發明的。』

王儲優雅地嗤笑了一下。

『當然可以啊，中將……畢竟是貴國將一般認為速度比不上履帶的多足型機甲兵器高機動化並首度投入實戰——只要你們願意對改良機甲開發而成的「軍團」性能做個分析，我也樂意分享。』

兩國代表人之間充斥著難以言喻的沉默。

恩斯特嘆口氣，開口發言。雖說這是國家之間本應有的模樣，但現在可不是講這些事情的時候，況且繼續追究下去，對聯邦來說也不太方便。

畢竟包括此時在場的三國在內，勢力席捲蹂躪大陸全境的「軍團」，正是由聯邦的前身齊亞德帝國所開發、運用。

「現在該考慮的問題是電磁加速砲型——以及包括該個體在內，確認到與人類擁有同等智慧的『軍團』及其對策，不是嗎？」

『經過智能化的指揮官型「軍團」——我們盟約同盟也確認到了……自從那種個體出現，防衛線上的戰事就變得更加激烈。』

『畢竟以往「軍團」的弱點在於憑恃數量與性能優勢，戰術方面則相對單純。如今指揮官的登場屏除了這一項缺點，對我方來說也是個頭痛的問題。』

貝兒中將似乎靠到了椅背上，仰望半空。

『……上一場大規模攻勢對「軍團」來說或許也只是將更多將士引誘至前線，分散其注意力的聲東擊西法。一群耍小聰明的臭鐵罐，真是可恨。』

『面對這種棘手的敵機，那個共和國非但無意回收戰死士兵的遺體，反而還特地將優秀兵員送往支配區域深處，造成更多這種敵機出現，真希望他們能痛切反省。只不過那也要他們還有人活著才行。』

王儲輕輕搖頭。聯邦由於是在收容八六之際，得到了電磁加速砲型試作時的情報，因此他們受到共和國驅逐的來龍去脈，聯邦都告訴了兩國。

『唉，畢竟那些傢伙原本歌頌著什麼民主共和制、萬民平等之類肉麻兮兮的理想論調，卻把自己以外的各民族統稱為「有色種」加以區別，還絲毫不以為怪。之後區別變成歧視，歧視再變成迫害，我也不覺得有什麼好訝異的……只是對於遭到屠殺的我等同胞，以及雖非同胞但處於相同際遇的八六們，我實在無法不感到同情。』

王儲嘆口氣，眼睛轉向沉默佇立的分析官。他用連每根指尖都受過訓練，極其優美的舉止揮一揮一隻手。

『失禮了，報告還沒結束呢。繼續吧。』

「是。」

說歸說，分析官對外國王族只會表示敬意，並沒有必要聽其命令。分析官瞄了恩斯特一眼，見他微微點頭才開口說道：

「那麼，我繼續報告——從移動速度以及發射位置研判，電磁加速砲型應為架設在舊高速鐵路軌道上的列車砲。目前位置在舊國境附近，克羅伊茨貝克市的鐵路終點站。光是在這個地方，就能將聯邦西部戰線的所有基地、聯合王國副首都希泰．比魯及、盟約同盟第二首都愛沙霍恩，以及共和國副首都夏綠特盡皆納入射程。此外，若將推測遺留於『軍團』支配區域以及交戰區域內的高速鐵路鐵軌假設為移動範圍……」

３Ｄ模型的戰域圖切換為２Ｄ鳥瞰圖，比例尺放大，變更為廣域顯示。過去曾經存在的高速鐵路軌道在地圖上呈現為網狀，接著再疊上電磁加速砲型四百公里的射程。

包括狡獪的兩國代表在內，聚集於議場中的軍方人士與政府高官們都略為倒抽一口氣。

「聯邦首都聖耶德爾、聯合王國王都阿庫斯．史泰利亞、同盟本部開普拉，以及聖瑪格諾利亞共和國的八十五個行政區全域都在射程之內。」

在這個遭到「軍團」席捲的大陸上，勉強確認到人類生存的——也許是人類最後的生存空間，當中所有的首都機能都將會宣告癱瘓。

小至一條蛇，大至一個國家，毀滅方式都一樣。

只要頭被壓爛，蛇就會死。

「從自動工廠型的估計生產能力推算，到修復完成並重新啟動之前，最短有八週的緩衝期。若不能趁這段期間內採取某些對策……我軍終將敗北。」

恩斯特平靜地開口：

「有確實可靠的對抗手段嗎？」

分析官抿起了嘴唇。

「但願西部戰線的各位指揮官有不同見解，不過就戰情室的結論來說——」

「——對於這種超高速、超長距離的砲擊，沒有任何有效的應對方法。」

這棟古城堡十年前還是貴族的別墅，現由西方方面軍聯合司令部接收作為簡報室。室內被不具窗戶的厚重石牆團團封閉，光線顯得陰暗。

圓桌上展開的全像式顯示器發出螢光，將西方方面軍、待命後備軍的各軍團長與副長，以及佇立背後的眾副官身影襯托得有如幽魂。

「即使要擊落砲彈，憑對空砲的速度或彈幕密度都不足以應付。真要說起來，那彈頭重達數噸，區區四〇毫米的機砲砲彈就算命中，也奈何不了它。」

參謀長在周圍展開全像螢幕，幾乎看都不用看就進行說明。這個人年紀尚輕，生得一副帝國貴種特有的端正五官。

他出身貴族世家，家族過去是這幢古城的所有者，如今在重工業領域發揮極大的影響力，但他並非只靠家族力量取得地位的無能之輩。在舊帝國中，顯赫貴族的子弟總是自幼就只接受家族專業領域及戰鬥指揮的英才教育。比起半吊子的專業人士，他們對熟悉領域的造詣及經驗都更深。

「軍團」這種簡直好像弄錯時代的高性能自律式戰鬥機械之所以能誕生，帝國此種風俗民情也是原因之一。

「我們已從其他戰線盡可能收集巡弋飛彈過來，但這招也不見得能夠奏效。導引無效，而且因為彈速慢而容易受到對空砲兵型迎擊。電磁加速砲型本身似乎也備有強力的對空武器。」

全像式顯示器暫時變暗，接著播放出黑白的粗糙錄影影像。這是聯合王國提供的聯合王國軍無人機觀測影像。

畫面上是都市的廢墟與陰天遠景。視角相當低，大概跟人類個頭相差無幾。畫面邊緣有某種東西閃了一下，接著空中連續發生爆炸。勉強抵達目標的少許幾枚飛彈一一遭到擊落。

一枚飛彈穿過對空砲火，啟動尋標器，衝向廢墟那一頭的某個龐然大物，即使遭到對空砲掃射仍在極近距離內爆炸。影像播放到這裡便唐突地結束了。

「恐怕只會步上這個的後塵……話雖如此，用火砲反擊射程又差得太遠。如今由於制空權遭到阻電擾亂型與對空砲兵型奪走，想以航空兵力進行對地攻擊也有困難。」

「軍團」的對空防禦除了對空砲兵型之外，布署於高空的阻電擾亂型也擔起了部分職責。這些機械蝴蝶不只發揮原有的電磁干擾功能，還會叢聚於航空武器的飛行路徑上，採取飛入進氣口的攻擊行動，是噴射機的天敵。就某種層面而論，可說是最惡劣的「軍團」。

「——真要說起來……」

從舊帝國空軍調任過來，腿部裝著義肢的准將開口道：

「負責後方任務的運輸機駕駛員尚且不論，戰鬥機、攻擊機或轟炸機的駕駛員都改任『破壞之杖』的操作員……這十年來幾乎全捐軀了。倖存下來的人，如今也不可能再飛了。」

「那麼，還是只能……」

軍團長們的視線集中到西方方面軍司令官身上。司令官承受眾人視線，重重點頭。

「——除了以地表武力直接排除，別無他法。」

凝重的死寂填滿會議室。

待命後備軍的軍團長將身體靠上椅背，語帶不滿地沉吟：

「動員西部戰線全軍對『軍團』支配區域展開突擊作戰……面對鋪天蓋地的『軍團』，突破直線距離一百公里的敵陣，是吧？」

即使聯邦軍人這十年來持續對付在質與量方面都占了極大優勢的敵軍，也覺得這種壓倒性不利的突擊作戰不是正常人所為。

參加作戰的將士，生還機率恐怕微乎其微。

但是若不成功，西部戰線甚至是整個聯邦都會土崩瓦解。既然如此，就算數字上的成功機率為零，除了成功之外也沒有其他生存之道。

「……現在西部戰線的戰力，即使加上增援與待命後備，經過前次攻勢仍然衰減了百分之二十六。而且其他戰線的防衛部隊實在無法調動，因此我們只能以這些戰力實施作戰計畫。」

「但『軍團』的常規部隊也大約消耗了同等程度……」

「原本的母數不同，再生產能力也是。觀測結果得知，那些傢伙的戰力光是與西部戰線對峙的部分，就有五個軍團的規模。當然支配區域最深處的自動工廠型毫髮無傷，根據預測，再過兩個月，就會增加更多戰力……只能預言毀滅的異能者(卡珊德拉)可真是方便啊。」

第五步兵軍團的副司令官鼻子一哼，用手指彈了彈薄薄一疊的附件資料。

資料採取人事檔案的形式，卻沒附上應有的照片，而在場所有人都明白原因。隔了一拍，副司令官稍顯沉痛地低語：

「負責排除任務的部隊……不管選上哪個部隊，都會為此犧牲吧。」

「是啊……所以，必須選擇最確實的……」

最不會讓任何人心痛的。

「最無人惋惜的人選。」

「唔……」

忍不住脫口發出的微弱聲音——似乎被坐在對面的戰情室室長耳尖聽見了，對方問道：

「怎麼了嗎，諾贊中尉？」

聽到典型冷心腸的校官與其說是狐疑，倒比較像是關切的提問，辛一時答不上來。詢問的聲音此時聽起來，顯得十分遙遠。

隨時在耳朵深處響起的，機械亡靈們的悲嘆之聲……

它的——位置在……

「中尉。」

再次聽到有人呼喚自己，辛這才回過神來。這裡是第一七七師團本部基地中戰情室的一隅。為制定作戰計畫，軍方要求他提供「協助」掌握敵方數量。他這幾天都在這裡做事，此時正在搜索敵蹤。

校官揮揮一隻手，消掉設定成只能從正對面看見顯示內容的全像電子文件，然後用獵犬般的動作偏了偏頭。

「要不要休息一下？你從一早就忙到現在，就算隨時都聽得見『軍團』的聲音，長時間側耳傾聽應該另當別論吧。」

「不了。」

我可以的。辛這麼說著便搖搖頭，校官見狀就嘆口氣站了起來。

「……原來如此，看來你們的確——你以前的確是用完即丟的兵器零件。」

那聲調既非侮辱也非嘲弄，只是平淡地說著。

校官任憑對方看著自己寬闊的背部，逕自走向房間另一頭的櫥櫃，取出像是私人擁有的茶具，拿起蓋有保溫套的茶壺。他在聯邦似乎屬於少見的紅茶派，不過原產於大陸東部的紅茶，如今也只剩自動工廠的合成品。合成紅茶特有的一絲藥味淡淡飄散開來。

「要換多少有多少，但在用壞之前不會送來替換零件。因此，只能假裝沒注意到磨損。缺掉哪個部分，就把那陣痛楚忘了，直到徹底毀壞無法動彈為止。即使疲倦、厭煩、恐懼，仍然壓下這種感情繼續戰鬥。可以說正是與『軍團』對峙的人形兵器。」

校官端著兩只茶杯回來，其中一杯放在辛的面前，自己也不坐下就喝了一口，如此說道。

「你臉色很差喔。這裡不是你們以前待過的戰死者為零的戰場。是人類活著、戰鬥著的戰場。在這裡，你得再稍微降低一點判斷該休息的疲勞與疼痛標準。這些反應是警訊。讓這些反應保持遲鈍，本來應該很有問題才對……不用擔心，你休息的時候他們會搜索敵蹤。」

他瞥了一眼背後隔著一牆玻璃的辦公室，裡面有幾個身穿鐵灰色軍裝的軍官忙碌地工作著。雖然年齡或性別都各有不同，但全都擁有焰紅種的血紅頭髮與眼瞳。

貴種具有繼承異能的血統。焰紅種是赤系種的貴種，經常身懷精神感應系的血脈。據說他們的異能受到賞識，常常從軍成為搜敵或審問方面的主要人員。

「記好了，在人世間，沒有人是無可取代的……好壞兩面都是。」

†

為了減輕前線負擔，前次大規模攻勢造成的大量傷患都迅速送往後方，但就連距離前線有千里之遙的聯邦首都軍醫院，都因為悄然迫近的絕望而令人透不過氣。

大病房的凝重死寂讓人難以呼吸，埃爾文·馬塞爾少尉拄著總算用慣的枴杖，一邊護著骨折的右腿，一邊走到病房大樓外面。

他在同一家醫院裡沒有熟人。前次大規模攻勢中全軍覆沒的同中隊同袍不用說，這裡也不見特軍校的同梯。他們大半還在西部戰線應戰，一部分已經撒手人寰了。

如同跟他是中等學校的同班同學，又是特軍校的同梯，在西部戰線也分發到同一部隊的……不久之前死去的尤金一樣。

新型「軍團」的登場、估計性能以及受害預測都有向市民報導，從醫院院區內可以看到聖耶德爾市區如今也是一片寂靜無聲。那是面對暴風雨即將來臨，膽怯的小動物屏氣凝息躲進巢穴，全神貫注豎起耳朵戒備不知何時會發生的異狀，因不安而緊繃的靜寂。

新聞自由是近代民主主義的基本，況且最早被炸飛的FOB一四正好就在毀滅瞬間進入實況轉播，根本無從隱瞞。政府想必是判斷與其笨拙地進行新聞管制，造成錯誤消息或假新聞流傳甚至引發暴動，倒不如隨時報導正確消息比較好。

可能是這種判斷奏效了，聯邦各地雖然零散發生了些小規模的動亂或混亂，但大致上來說，聯邦市民看似都能保持平靜。一旦西部戰線後退或是淪陷，這座聯邦首都將會納入電磁加速砲型的射程，因此似乎也有人出城逃難，不過大多數人都繼續過著正常的日子。

但那恐怕也是因為他們內心的某個部分很清楚。

雖說國家維持住了往年的大半國土，但在這個四面八方遭到「軍團」包圍的聯邦，國民也無處可逃。

「……嗯？」

聯邦軍醫院屬於軍事設施，除了災害等緊急時刻，一般市民是不得進入的。仔細一看，在除了步哨之外毫無人影的柵門前，有個小小人影茫然佇立。

馬塞爾注視了半晌後，走向那人。

他認識那個小孩。

他去同學家裡玩的時候見過，是那傢伙的妹妹。

沒錯。

尤金的妹妹。

「小傢伙，妳怎麼了？妳在幹嘛啊？」

他一出聲呼喚，小女生肩膀一震，轉過頭來。

尤金以前曾經苦笑說過，他妹妹膽小又怕生。尤金自己的個性平易近人，所以他還半開玩笑說過不知道是像了誰。

所以……

他才會去接近那種被其他國家趕出來的什麼死神。

一雙白銀色的大眼睛往上看著馬塞爾，發現是認識的人，大大地眨了眨。馬塞爾走出她進不來的柵門過去後，她便亦步亦趨地走近過來。

「我來找哥哥……可是，人家不讓我進去。」

他瞟了一眼，看到似乎大自己幾歲的步哨肩膀掛著突擊步槍，維持著立正不動的姿勢，只迅速別開了目光。

也罷，步哨並不是有意為難。雖然她還是個年幼女童，但規定就是規定。

比起這個，馬塞爾抿起了嘴唇。

他有些費力地蹲下，讓視線與小女孩齊高。

「……哥哥不是回家了嗎？」

聯邦軍人不會捨棄並肩作戰的戰友，即使是遺體也一樣。他們一定會將遺體帶回，送到家人身邊。

尤金也是。戰鬥後應該立刻有人收殮遺體，在大規模攻勢開始的不久之前，就與其他棺木一起用運輸列車送往後方了才對。

即使那跟她要的不一樣，是沉默的返家。

妮娜輕輕搖了搖小腦袋。

仔細綁好的兩條髮辮，如交相飛舞的螢火蟲光芒，點綴她的動作軌跡。

「哥哥沒回來，只有一個箱子回來……那不是哥哥。」

「……！」

馬塞爾咬住了嘴唇。

戰歿士兵的遺體。

如果遺體損傷嚴重到不便讓遺族看見，軍方會釘起棺蓋，不讓家屬面對遺體就直接下葬。

尤金想必也是如此吧。

失去了半個身軀，剩下的臉部又因為中槍受損，軍方或許認為絕不能讓年幼的妹妹看見這種遺體。

但是年幼的妮娜想必還無法理解一個人的死亡……再怎麼費盡唇舌，恐怕也無法讓她實際理解用聯邦國旗裝飾的那只打不開的棺材就是尤金，就是他的死亡。

馬塞爾緊咬嘴唇。

他回想起西部戰線深邃森林裡的戰場，想起那彷彿不存在於人世的翠綠迷霧中，死神般的少年兵將機甲戰鬥服染成殷紅，一手隨意拎著奪走戰友性命的手槍，不祥卻又美麗的身姿。

了結一個人的性命讓他少受點苦，在戰場上或許算是慈悲之舉。

或許因為他破壞了頭部——破壞了大腦，死者遺體才能免受可恨的「獵頭者」或回收運輸型帶走變成「軍團」。

但是——但是……

那時候你到底明不明白，這樣可能會害妮娜見不到尤金最後一面，造成哥哥明明回來了，妹妹卻無法理解他已經返家，甚至是已經死亡？

你說啊。

諾贊。

如死神一般輕而易舉，面不改色地奪走戰友尤金性命的意義——你這個八六真的懂嗎？

「哥哥……」

他在哪裡？妮娜用純潔無垢的白銀眼眸仰望馬塞爾，使他忍不住別開了目光。

妮娜想必完全沒有那種意思，但他甚至覺得自己遭到怪罪了。

你為什麼……

——沒有救哥哥呢？

那不是我的錯。

當時。

是那傢伙。

沒有救他。

沒有保護他。

沒有陪在他身邊。

明明曾經是搭檔，卻寧可選擇什麼無頭的告死女神（女武神）而不是尤金，對尤金見死不救。

不是我的錯。

該受到譴責的……

是那時候，殺了尤金的——

那傢伙。

忽然間，他有種豁然開朗的感覺。

他明白了聖瑪格諾利亞共和國的國民為何會對八六那樣歧視與迫害。以往他蔑視那種野蠻行徑，覺得他們竟能對同樣生為人的八六做出那種狠毒行為。如今馬塞爾感覺頭一次了解到原因。

當一個人面對不合理的狀況……

而自己又束手無策，無能為力時……

總是會想推卸責任，譴責他人。

「……尤金他……」

伴隨著話語流露出的笑意，當中所帶有的畸形惡意，露出那種表情的馬塞爾本人自然無從得知。

†

「不知道支配區域的另一頭何時會發動單方面狙擊，把自己連同基地一併炸飛，難怪大家的氣氛會緊張了。」

可蕾娜像隻提不起勁的貓一般看向周圍。嘴上這樣說，本人卻顯得興趣缺缺，大嚼炒蛋。

第一七七師團司令部基地早晨的軍官餐廳，即使容納了待命後備與重新編組的人員而超出了定額人數，仍然缺乏用餐時該有的嘈雜，反而帶有濃厚的沉重、緊張色彩。

安琪優雅地飲用紙杯裡的替代咖啡說道：

「那種新型——記得叫作電磁加速砲型是吧？按照預測要花兩個月才能完全修復，在那之前應該是不會發動攻擊吧。」

「但那種預測只基於長達十年沒能取得聯絡的外國觀測影像，而且途中還遭到電磁干擾中斷傳輸，造成影片大約只有五秒鐘的長度，再加上原理都還搞不清楚的八六『異能』，會感到不安也怪不得他們吧。在共和國的時候一開始也是，即使同樣身為處理終端，在實際聽到之前也是不信啊。」

賽歐把叉子插進聯邦特產的香腸(Wurst)，有失禮數地銜在嘴裡一邊這麼說。安琪則是嘆了口氣應著：

「也是啦。」

不如說，軍隊這種典型現實主義的組織，而且還是位居高層的人士，這麼輕易就接受辛的異能，才令他們感到意外。

「即使如此，表面上竟然一點混亂都沒發生。好吧，也只能說聯邦軍訓練得還真精良。」

「就是啊，要是換成共和國的白豬，現在管制官應該會搶第一個逃之夭夭吧。」

賽歐用嘴角嗤笑一下，隨即收起了笑臉。

「……假如真的變成那樣，『少校』不知道是不是還活著？」

「賽歐。」

被規勸了一句，賽歐露出一副搞砸事情的表情，閉上嘴巴。

不知為何，他偷偷觀察辛的臉色，讓辛稍稍皺起眉頭。

「幹嘛？」

「咦，還問我幹嘛？你該不會是沒自覺吧？」

賽歐一臉驚愕地講他。

所以到底是怎樣？

萊登好像很無奈地嘆口氣，說道：

「……與其說電磁加速砲型怎樣，不如說聯邦那幫人也意識到狀況已經糟到搞不好到了明天，自己也只能一籌莫展地等死的感覺。」

戰場本來就是那種地方，但並非所有人都清楚意識到這點，對於將本身生存視為第一要務的生物本能來說，也沒有比這更異常的環境了。

可蕾娜有些自豪地用鼻子哼了兩聲。

「對我們來說，這種事卻是理所當然呢。」

因為他們就活在明日命運無可預測的戰場。

因為他們身為服役到最後只能一死的八六。

只是……

無意間，辛陷入思考。

不畏懼近在身旁的死亡。

將明天的死亡，視作天經地義的命數。

在那共和國的戰場上求生存時，這雖然是不可或缺的適應力……但似乎也不值得自豪。

不畏懼近在身旁的死亡，能看開接受明天的死亡，反而可以說是……

一回神才發現，身邊的芙蕾德利嘉正緊盯著自己看。

「辛耶？汝怎麼了？」

被她狐疑地一問，辛才發現自己一不小心，好像沉默了滿長一段時間。

「……沒什麼。」

賽歐仍然拿著叉子，托著腮幫子說：

「你該不會是還很累吧？上次迎擊戰時『軍團』超多的，辛一定覺得很吵……最後你還有點身陷其中呢。」

「你那時候應該是變得幾乎看不見周圍狀況了吧。辛，那好像還是你第一次聽漏『軍團』撤退的徵兆耶？」

「……」

經他們這麼一說，或許真是如此。

「余跟汝做了同步，汝卻毫無回應喔……看來那果然不是汝平時的戰鬥情況。」

「同步？」

「原來汝渾然未覺啊……」

芙蕾德利嘉老氣橫秋地嘆口氣，環顧所有人。黑絹般的髮絲自肩膀柔順滑落。

「包括辛耶在內，也許汝等應當休息一段時日比較好吧？雖然都稱為戰場，然而共和國與聯邦想必有許多不同之處。汝等內心深處有無感到疲倦，或是喘不過氣來呢？」

在第八十六區的戰場，沒有像樣的支援或指揮，但也幾乎沒有軍方組織所具有的限制。無人機不需要講什麼軍規。雖說是因為辛的異能可隨時掌握「軍團」的動向才得以享受閒暇時光，但在沒有戰鬥的時候，大家過得還算隨心所欲。

儘管長達十年的戰爭造成許多地方只能硬撐或是出現弊端，但聯邦軍畢竟還保有像樣的軍隊體制，不能不講紀律。

話雖如此……

「在這種狀況下？恐怕不太容易吧。」

「讓士兵保持心靈健康，也是軍隊的重責大任之一呀。事實上，在前次的迎擊戰中，眾多與汝等年歲相當的特士軍官就因為罹患戰爭精神官能症而被送往後方。更何況汝等身為八六，余認為軍方會酌情處理。」

可蕾娜不高興地皺起眉頭。

「我才不要。我絕對不要讓人家覺得我可憐，給我特別待遇。」

餐廳雖然嘈雜，但少女高亢的聲音響徹四下。眾人漫不經心地看她一眼，緊接著現場氣氛變得彷彿凍結般僵硬。

……八六。

他們微微聽見某人不屑的語氣。

共和國催生出的那些怪物。

怪物就該跟怪物待在支配區域，愛打打殺殺就去互相殺個高興——竟然把跟敵人一樣的怪物叫了進來。

那股惡意讓芙蕾德利嘉倒抽一口氣。至於辛他們八六身為當事人，卻是神色自若。

早就習慣了。

是你們八六的通敵行為導致共和國敗給「軍團」。他們被冠上這種罪名，被趕上戰場。

尤其辛在他們當中繼承了最濃厚的帝國之血，又擁有異能，同樣身為八六的人，也不只一次說他是引來戰爭、招致死亡的不祥死神而排擠他。

世界總是對為數較少，又有點異於「普通」的異端分子最為冷漠。

萊登平靜地開口：

「……可蕾娜。」

「我知道……可是，我寧可人家用那種眼神看我，畢竟也習慣了。」

「……」

「因為就算遭人踐踏，只要不認輸就行了。可是讓人家可憐我就不一樣了。心裡並沒有認輸，但人家卻講得好像我們已經輸了一樣……我討厭那樣。」

畢竟正值軍隊繁忙的早晨時段，聚集而來的視線立刻就轉開了。即使如此，餐廳仍殘留著一種疏遠的氣氛，讓芙蕾德利嘉不安地東張西望。

萊登用鼻子冷哼了一聲。

「……不過話說回來，緩衝期才兩個月啊。我不認為這麼點時間能想出什麼對策。」

「聽說為了以防萬一，作戰會提早半個月開始……唉，肯定又是什麼亂來的作戰吧。」

「聯邦也滿喜歡硬上蠻幹呢。儘管無論是在性能、兵力或情報都落後於敵人，但對上虛張聲勢或動搖軍心都無效的『軍團』，也別無他法了就是。」

「軍團」的士氣不會低落，不追求功名利祿，也不貪生怕死。他們無法拿人類軍隊中無法徹底去除的這些弱點下手。真要說起來，所謂的奇策就是近乎賭注，在戰術上可謂旁門左道。占有壓倒性戰略優勢的自動機械根本不在乎半吊子的怪招，用其龐大而強大的軍力踩爛對手就行了。

除了硬上蠻幹——用正攻法挺身迎戰之外，別無手段。

「飛彈不夠用，重砲打不到，航空戰力派不上用場……這樣一來……」

「就只能投入地面部隊了吧。只是不知道是要突破重圍，還是深入敵營就是了。」

這時，餐廳入口出現一道鐵灰色的人影站在那裡。

「——注意！」

聽到把整座寬敞餐廳震得嗡嗡響，自丹田出力的破鑼嗓門，所有人員用嚴格訓練出來的整齊動作立正站好。慢了一點的，只有被大吼嚇到而不禁縮起身子的吉祥物女孩們。就連不太重視軍規的五名八六都不例外。

這名配戴上校階級章的軍官，用如狼的銳利翠眼回望支撐兵精將勇聯邦軍的高度訓練成果，點了個頭。

「作戰計畫定案了。中隊長以上的部隊指揮官，於〇九〇〇到簡報室集合。」

話雖如此，現在聯邦標準時間才七點三十分。

辛一個人走在居住區塊走廊上前往自己的房間，同時再次陷入沉思。

他回想起就在剛才，賽歐不假思索的一句話。

——假如真的變成那樣，「少校」不知道是不是還活著？

其實哪有什麼假如。

只有自己一個人感應得到，由於沒有必要提起，所以他沒告訴任何人，不過……

共和國早就淪陷了。

辛在幫忙搜索「軍團」整個支配區域的敵蹤時，就不幸發現了這件事。在越過支配區域的遙遠彼方，比起聯邦實在小得可憐，但的確存在過的共和國勢力範圍，已經遭到機械亡靈們的悲嘆之聲淹沒。

就辛所聽說的，在大規模攻勢開始後沒多久，他們就偵測到非自然的地震波。恐怕鐵幕就是在那時候淪陷的。假如想要有效使用，電磁加速砲型應該會配合大規模攻勢投入戰場，實際上卻是等到大攻勢收場後才發動砲擊。如果那是因為敵軍先攻打共和國就說得通了。

從大規模攻勢開始到鐵幕失守，僅僅過了一週。

那個國家將戰場塞給八六戍守，自己不敢面對現實，躲在狹隘的美夢裡，搞到最後甚至喪失了自衛的手段——就連短短這麼幾天，那個國家都撐不住。

辛並不把那裡當成祖國。那個國家對他而言，只是兒時模糊記憶的曖昧背景。不管是遭到蹂躪還是滅亡，他都不痛不癢。

只是……

——共和國在滅亡之前，或許還有機會等到援軍。

——所以，請妳一定要活到那個時候。

結果沒有趕上。

一聲嘆息，落在細小玻璃碎片還散落一地的走廊上。

——能不能也請少校不要忘記我們呢？

我們死了之後，即使只有短暫時日也好。

他曾經那樣祈求……但看來這次，自己又成了記住死者的一方。

他忽然間覺得，自己總是被人拋下。

在第八十六區戰場活過、死去的戰友們，有過淺談的人，有過往來的人。他這才覺得，自己實在太常因為對方的死，而與對方分離。

他是將並肩作戰而先一步捐軀的那些人的名字與記憶，葬在鋁製墓碑下的死神。雖然他不曾以這種身分為苦，但是……

——不要留下我一個人。

這本來是她對自己許的願望。

但就連她，都先走一步。

「——嗯？」

這時，辛注意到自己房間的門縫塞了只薄信封進來，而停住腳步。

又來了。他會這樣想，是因為所謂的「善良市民」會一廂情願地送來這種他沒有理由也沒有義務收下的信件，把他弄得很煩。就連這種時候——或者正因為是這種時候，那些人才想拿「可憐的八六」當材料享受消遣式的同情，這種態度令他不禁嘆息。

當他看都不看就想撕一撕扔掉時，忽然發現一件事。

信沒開封。

聯邦軍為了保護機密情資，軍隊中軍人或聘雇人員的封緘信函全都會經過開封與檢閱，但這封信卻沒有開封過的痕跡。

真要說起來，這類郵件應該都會被聯邦首都的國軍本部擋下，而且現在正在重新編組西部戰線部隊，任何一條運輸線都沒有多餘人力送信。

辛重新看看表面，上面既沒有收信人姓名也沒有寄信人住址，連銷戳都沒蓋，可見不是經過正規郵寄手續送來的。

「……」

辛稍微瞇起眼，將信封翻過來。

不同於他的想像，上頭寫著寄件人的姓名。

出自幼童之手一般歪扭而不清晰，難以閱讀的鉛筆字寫著——

妮娜·朗茲。

「朗茲」。

辛眉頭一皺，拿出萬用刀的小刀片拆開了信。紙質很像是小孩子會有的廉價信封信紙組，薄得透光，厚度也只能放一張薄紙，不可能暗藏什麼東西。

他用單手打開折成兩半的輕薄紙條。

信上只寫了兩行字。

你為什麼要殺哥哥？

把哥哥還給我。

哼。

臉上流露的，是冷漠的淺笑。

雖不知道是誰做的——不過既然是同時認識辛與尤金，又知道尤金臨死情況的人，他猜得到是誰——但都什麼時候了，還真是閒著沒事做。

這讓他想起，自從前次大規模攻勢以來就沒看到那個人，不過既然能夠送信過來，看樣子是沒死。整個西方方面軍當中應該還留有一些特軍校的同梯，因此不經過正規手續送信過來應該也不會太難。無論如何，這人真是太閒了。

還是說，正因為處於這種情況，才要這麼做？

高舉年幼女孩的譴責這種煞有其事的正義當盾牌，只不過是想宣稱自己的正當性，指責辛為殺人凶手罷了。

「……說得對。」

你為什麼……

殺了我哥哥？

為什麼見死不救？

為什麼沒伸出援手？

這些話他不知道聽過多少遍。

自從初次在第八十六區上戰場，一直到現在，不斷有人問他這些問題。

你明明聽得見「軍團」的聲音。明明這麼強悍，明明身為代號者，明明是這樣存活下來的。

為什麼？

為什麼那傢伙死了，你卻……

為什麼總是只有你？

這些譴責他都聽到煩，聽到習慣了。而且，事實上這些責問也完全是弄錯了對象。自己的性命，終究只有自己能負責。他認為自己沒冷血到能說「誰教他們弱到保護不了自己」，但是指責他人沒盡到保護之責是不合理的。

只有一點跟以往不同。

我明明一直在等。

彷彿聽見的這句責問，既像同梯少年的聲音，又像只見過一面，連長相都不記得的年幼女孩所言，不知為何，也像是尤金本人的聲音。

我明明一直在等他回來。
你明知道有人在等他。
為什麼?
沒人盼望你回來。
你即使回來也一無所有。

如果是你……
代替他去死,該有多……

「……是啊。」
或許是吧。在無人走廊上,沒有任何人聽見這聲自言自語。
與內心思緒正好相反,被捏爛的薄薄紙條在手裡發出「沙」的聲響。
爬上組合屋式隊舍的樓梯過來的萊登,看到辛在自己房間門前站著不動而停下腳步。
「什麼嘛,你回來了啊,辛……怎麼了?」
驀然回望自己的血紅眼瞳,讓萊登悄悄感到一陣戰慄。
那跟在第一戰區的某個夜晚、四名同伴被那種超長距離砲轟碎的當晚、知道無法避免與老哥亡靈對峙的那晚……

是同一種眼神。

「——沒什麼。」

詢問來意的淡定語氣帶有幽幽的淒楚聲調，但辛本身恐怕不曾察覺。

萊登嚥下戰慄與憂懼說道：

「命令變更了，集合時間一樣是〇九〇〇，但集合地點改成師團長辦公室。極光戰隊戰隊長，還有第一〇二八試驗部隊的部隊長……就你跟中校兩個人去。」

這句話的含意，使血紅雙眸冷酷地瞇細。

聽到只把一名部隊長與部下戰隊長叫進辦公室做說明，就能猜到不會是什麼好命令。

即使如此，說明的內容實在太過分了，讓葛蕾蒂不禁顫抖著塗上口紅的嘴唇。

「最優先的作戰目標，是排除從第一七七師團戰區到西北方一二〇公里，潛伏於『軍團』支配區域內舊高速鐵路終點站的電磁加速砲型。」

全像式螢幕顯示出的戰況圖遠比長寬各深四〇公里的師團用戰域圖還要廣大，配置部隊用的是軍團記號。這幅戰況圖囊括了西部戰線全域，以及南北方的羅亞・葛雷基亞聯合王國與瓦爾特盟約同盟的防衛線。

雖說在西部戰線打出了首屈一指的傲人擊墜數，但不過就是一個中隊的編制——而且還因為前次的大規模攻勢而降低戰力，本來是輪不到他們看這種作戰圖的。

「第二目標為奪回舊西部國境地帶，通稱『幹道走廊』。」

在戰況圖上，該地區緩緩閃爍。地點在西部戰線往西幾十公里處，與舊國境線相沿的帶狀範圍。

幹道走廊正如其名，指的是三國之間的幹道，另外還包含了舊高速鐵路的大半鐵軌。這樣做是為了不讓敵軍再次運用「搭載超長距離砲的列車砲」這種棘手兵器。

雖然敵軍還是可能在其他地點鋪設鐵軌，但無論是幹道還是鐵路，以大部分情況來說，常常是因為該地點最容易開路，所以才會鋪設在那裡。想在前人迴避的崎嶇地形開路，會給「軍團」的工兵部隊造成相應負擔。

「參加兵力包括西方方面軍與所有待命後備軍的殘存兵力，再加上聯合王國南方方面軍以及近衛軍團、盟約同盟北方守軍與中央待命軍團……兩國眼下副首都皆在射程之內，看來他們也不能仗著盾牌當縮頭烏龜了。」

聯合王國與聯邦之間受到龍骸山脈的天險阻隔，盟約同盟則是以大靈峰伍爾斯特山為中心的險峻山岳地帶為領土的小型城邦。兩邊皆以此種天然要塞作為絕對防衛線與「軍團」對峙，防衛祖國。

然而這些絕對性的盾牌，碰上飛越高空的超長距離砲擊也派不上用場。

「作戰概要也極為單純。三國聯軍將在電磁加速砲型排除作戰中負責聲東擊西，全軍進攻『軍團』支配區域，將敵軍主力部隊引誘並扣留於各戰線，再由特別攻擊部隊空降守備變得薄弱的支配區域深處，排除電磁加速砲型。」

這種作戰已不能稱為單純，而是亂來了。

辛加入搜敵工作，得知「軍團」總數光是與西部戰線對峙的部分，就有足足五支軍團的規模，兵力高達數十萬架。更何況「軍團」不具運輸與物流以外的後勤人員，只需要純粹的戰鬥用品，因此戰鬥部隊在總數中占的比例相當大。各國軍隊在數量上吃虧，正面突擊的話下場不堪設想，投入最深處的什麼特攻部隊更是八成保不住。

少將不可能不明白這一點，卻始終用平淡語氣進行說明。漆黑獨眼的目光冷硬，拒絕著俯視自己的紫色雙眸。

「擊毀後部隊堅守該地點，直到聯邦軍本隊抵達，雙方會合後歸返——這支特攻部隊……」

獨眼從葛蕾蒂身上別開目光，冷峻地朝向在她背後待命的辛。

「由辛耶·諾贊中尉等極光戰隊十五名人員擔任。」

辛的表情不變。

少將定睛注視那雙仍然微微低垂，也不與人對望的靜謐且血紅的雙眸，說道：

「你們是史上最大聯合作戰的急先鋒——擊破『軍團』銅牆鐵壁的槍尖(Spearhead)，要盡心竭力。」

思及他過去隸屬的同名部隊是為了什麼目的而設立，就覺得這實在是個不好笑的比喻。

還是說他們明知如此……仍以為只是個惡劣玩笑？

葛蕾蒂用壓抑著怒氣，以低沉咬牙的聲音說：

「可以准許我提問嗎，少將？」

「說吧，維契爾中校。」

「為什麼——選上我們極光戰隊？」

少將用鼻子哼了一聲，好像覺得這問題很無聊。

「特攻部隊需要符合嚴格條件。『破壞之杖』腳程太慢，以空降而言太重。裝甲步兵火力不足，難以臨機應變的重砲更是不值一提。本次作戰需要高機動性與火力、適於空降登陸的機體重量，再加上無法與司令部通訊時的作戰經驗，以及壓倒性劣勢下的生存能力，還要能精確探測出電磁加速砲型的所在位置。能夠滿足這所有條件的，中校，只有妳的『女武神』與站在那邊的諾贊中尉而已。」

葛蕾蒂狠狠咬住塗上口紅的嘴唇。

「真虧你有臉這樣說……！你是認為八六在聯邦沒有家人沒有摯友——是一群死了也沒人抱怨的孩子，所以當成棄棋也不足惋惜，是這樣嗎！」

「注意妳的口氣，中校。」

「不，我不會住口。這種作戰，根本是叫他們當敢死隊！就算中尉他們失手，只要能引開『軍

MAP 〈攻擊作戰概要〉

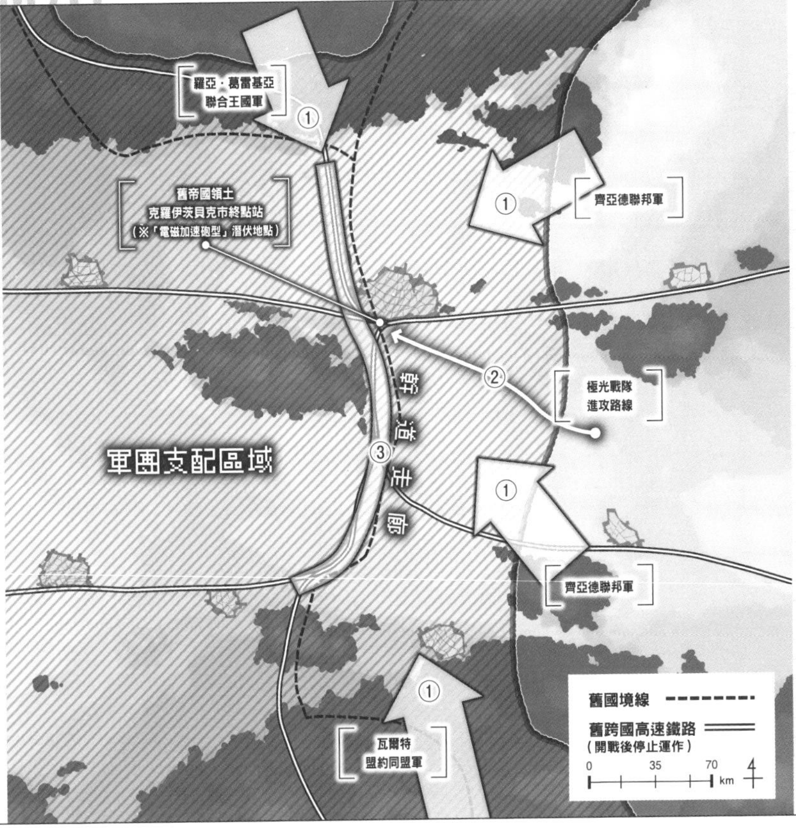

本作戰為齊亞德聯邦、羅亞・葛雷基亞聯合王國、瓦爾特盟約同盟等三國共同進行的聯合軍事作戰。「電磁加速砲型」進入休眠的這段時間，正是我等僅存的最後勝利機會。

○第一目標：討伐潛伏於舊帝國領土克羅伊茨貝克市鐵道終點站的「電磁加速砲型」。

○第二目標：掌控位於舊帝國領土與各國國境線附近的陸上交通要道「幹道走廊」。

〈作戰第一階段〉三國聯軍自各戰線全力進攻軍團支配區域，引誘敵軍主力部隊並截留於各戰線（①）。

〈作戰第二階段〉預計後方防衛將轉趨薄弱，由「特別攻擊部隊」進行突擊，藉此排除「電磁加速砲型」。這支部隊由辛耶・諾贊中尉等極光戰隊十五名成員擔任（②）。

〈作戰第三階段〉確認（②）已討伐「電磁加速砲型」後，趁敵軍後方部隊陷入混亂時推進前線，掌控「幹道走廊」（③），並與先行的極光戰隊會合。

以上，期待全體人員的奮戰。

團』……電磁加速砲型的注意力——本隊趁這時候前進，就能提高飛彈擊毀敵機的可能性。他們只要能消耗近戰防禦就不錯了，你就是這個意思吧！」

雖說圓機率誤差很大，但只要距離拉近，誤差就會減少。若能從挺進接近的最前線發動同等密度的飽和攻擊，這次或許能期待直接命中。

「我的確會準備飽和攻擊，但只是以防萬一，保險起見罷了。我沒叫他們不要回來，我們跟共和國並不一樣。」

「哪裡不一樣！在這項作戰中，你以為極光戰隊的生還機率有多少——！」

運輸直升機雖然能在容易避開雷達與對空砲火的低空安定飛行，但相對的，比起航空器來說航速較慢，裝載量也少。更何況「女武神」雖然說是輕量，仍有十幾噸重，能搭載一架已是極限——然而多達十五架直升機的編隊演奏的旋翼噪音，不可能不被具備高性能光學、聲音感應器的斥候型發現。

但航空兵器的常情，就是運輸直升機不會加裝太厚重的裝甲。

可以想見大半直升機一定會被擊落。

就十五架機體的中隊規模戰力，如果在更加減損的狀態下，挑戰電磁加速砲型以及它的防空護衛機——下場不言自明。

即使如此，還是訂立了這種作戰。

還是編組了這種敢死隊。

少將煩躁地嘆氣。

「再鬧下去，我就要視為抗命了。如果認為我說錯，就拿出替代方案來。」

葛蕾蒂一時語塞，無言以對。

少將微微搖了搖頭。

「總得有人要去做這件事，關於這點——」

少將目光再次望向辛。

靜謐的血紅雙眸仍舊略為低垂，非但沒有動搖，就連半點情緒起伏也沒有。即使眼睜睜看著自己與同伴的生命任人宰割，這點依然不變。

他——他們八六究竟明不明白，這種反應已經趨近癲狂了？

「中尉是曾突破『軍團』支配區域的經驗人士。一次可以，第二次想必也行。況且就算不行，我看你們八六似乎也相當好戰。」

一瞬間閃過少將獨眼中的情感，應當如何形容才好呢？

那像是深沉的哀憐，又像是黑白不分的恐懼。像是沒想到會被撿來的小狗咬了手而惱火，又像為了讓自己逃命，而把幼兒扔進狼群之中的罪惡感。

無論哀憐或恐懼，這些單方面的情感無異於不加理解。不管是同情可憐或是避如蛇蠍，都是不站在對方的角度，從不試著互相理解的態度。

而人們總是討厭別人不照期待或計畫走，為了掩飾罪惡感而拿雙方差異當藉口，是稀鬆平常的事情。

因為——那種人跟我們「不一樣」。

「我們聯邦應該已將你們救離戰場，給了你們歸宿，給了你們活下去的安身之處。既然你們執意返回戰場——對這種狀況應該也有所覺悟了。戰鬥才是戰士的——軍人的職責。而戰死也是職責之一。」

葛蕾蒂伴著辛離開，用有失禮數的粗魯動作關上辦公室的門之後，與辦公室通連的私人房間的門便同時開啟。

西方方面軍的參謀長走了進來。

在這情勢緊迫的最前線，他仍穿著燙得平整的軍服，甚至散發出些微香水氣味，但那是因為他身邊有位能幹的副官，而且不願讓部下從臉色或服裝看出狀況的急迫。可以想像實際上他應該忙於處理大量湧進的情報，連睡覺的時間都沒有。

「抱歉了，少將，讓你當壞人。」

「無所謂，這也是師團長該盡的義務。」

命令某人的父母、兄弟、子女，要不就是前途無可限量的青年送死，是指揮官的職責。正確來說，是要他們不顧生死地對抗敵軍。

即使如此，這種真的等於叫人去死的命令並不常有。少將陰鬱地嘆了口氣。

「——你認為他們回得來嗎？」

他們……就算只有一人也好。

參謀長聳了聳肩。

他有著夜黑種純血的漆黑頭髮與眼睛，是少將在陸軍大學的同梯，不過年紀較小，就跟葛蕾蒂同年。

然而一個是方面軍的參謀長兼將官，一個卻是小小試驗部隊的部隊長兼校官；一個是過去參與帝國國政的大貴族直系後裔，一個雖是大企業出身，但畢竟只是一介商賈的女兒。這雖然也形成了差距，不過造成決定性差異的還是資質。

是否具有指揮官的冷酷，能將部下兵員視作一枚棋子，為達目的不惜榨乾他們最後一滴戰力。

這種冷酷近似於貴族階級視領土人民為財產而非人類的價值觀——葛蕾蒂就是缺少這點。

「依照參謀本部的分析，極光戰隊的生還機率幾乎為零，但也可以說並不是零……儘管這只是詭辯罷了。」

在小數點後面排了一串0之後出現的1，跟0在數字上雖然並不相等，但當然不能憑著這點就說「有生存的希望」。

參謀長明知這一點，還是冷冷一笑。

「要是戰友接到這種作戰命令，兵士們難免會憤慨，但換成共和國催生出的狂戰士（怪物），他們就能接受了。而且還會一臉得意，說這是最適合八六的任務。」

前次大規模攻勢中，八六們迎擊「軍團」的戰鬥模樣，在同一戰場戰鬥的眾多將士都看見了，口耳轉述，傳進了西部戰線的更多將士耳裡。

他們挺身面對不負「軍團」之名的大軍有進無退，連自身性命都沒有半點留戀，那種驍勇凶悍，彷彿沉醉於血腥味一樣。明明在他們的背後，沒有任何需要守護的事物。

那看在惋惜性命，然而一旦退縮就會失去家人同胞，只得壓抑住內心恐懼戰鬥的人們眼裡，只像是無藥可救的癲狂。

「打倒怪物之人，須慎防自己也成為怪物——沒錯，與怪物比肩之人，本身也已成了怪物。更何況那個是『深紅魔女』邁卡與『漆黑驍騎』諾贊的——舊帝國軍兩大怪物血統混合出的不祥之子，用來抵禦機械怪物們（軍團）反而適得其所呢。」

關起厚重櫟木木材的辦公室門扉，葛蕾蒂嘆了一口氣。

「……你感到失望了嗎，中尉？發現最後抵達的地方——世界也不過如此。」

因為有需要，因為沒有家累，因為是異類分子。用這種理由就能輕易允許小孩送死——發現就連最後抵達的地方都不過是這種世界，是否令他失望透頂？

「……在目前的狀況下，我認為是妥當的判斷。即使硬撐也得排除電磁加速砲型，否則聯邦將難以維持前線。再說了……」

辛不感興趣地看看辦公室的門，聳了聳肩。

「前線基地都進入射程內了，你們還是沒選擇逃跑，光是這樣就夠了。我沒有任何不滿。」

「喔……我都忘了，共和國連這點都沒辦到呢……」

葛蕾蒂不禁發出乾笑，以己身為盾保家衛國的軍人，居然不上戰場。明明共和國允許這種事發生才叫奇怪，但他卻……

他們過去只能活在失常的世界，即使逃了出來，仍受困於被人搞亂的價值觀。

她收起笑容轉過頭來。

「作戰需要的是『女武神』的機體特性與你的異能，但你沒必要親赴戰場。」

原則上，軍隊視作絕對的，只有必須達成的目標。至於用何種手段達成，則交由領命者自由裁量。在不確定要素過多，狀況瞬息萬變的戰場上，若是連手段都要強制規定，反而綁手綁腳。

「突擊作戰只派傭兵(禽獸)們去就好……你們留下來吧。」

這時辛雙手握成了拳頭，葛蕾蒂明明與他面對面卻沒在看，因此沒注意到。

「然後，等這件事情結束，你們就退伍吧。你們已經為不庇護你們的祖國戰鬥得夠多了，所以不用再——」

「——所以……」

話語突然遭到打斷，葛蕾蒂措手不及，回望著辛。

然後她心頭一驚，倒抽了一口氣。

「為了滿足你們的正義感與同情心，我們必須不再做我們自己——您是這個意思嗎？」

因為眼前的少年……

半年多以前受到聯邦軍保護時，甚至是大規模攻勢時，都沒在她面前露出過這種……這個年紀的孩子應有的神情。

那是身上僅有的一件珍惜之物被人隨便拿走在眼前踐踏時，小孩子會有的……頑固的神情。

「我很感謝你們救了我們，但我們沒必要因為這樣就被你們可憐，也不需要讓你們叫我們不用戰鬥——因為我們……」

就只剩下這個了——……！

語氣分明是壓抑的……不，正因為如此，聽起來更像是嘔血。

為何而戰？

又沒有戰鬥的理由，為什麼要戰？

對於他們八六而言，沒有比這更侮辱人的問題。

因為他們只有驕傲。

因為除了直到最後一瞬間都不放棄生存，戰到最後一刻的驕傲之外，他們所有的一切盡皆遭到剝奪，已經什麼都不剩了。

該保護的家人全數喪生，找遍世界也沒有能回去的故鄉，就連家族歷史都無法找來作為依靠，至於該繼承的文化，甚至連曾經每晚唸給自己聽的繪本，都不記得任何一篇內容。

尊嚴受到過去的祖國徹底踐踏，一心只希望他們去死。他們早已沒有活下去的任何理由，即使如此，為了抓住生命……

至少為了維持除了自己本身之外，早已一無所有的自身形體。

除了驕傲，什麼都沒有了——只剩在受到機械亡靈軍勢與迫害者的惡意封閉的決死戰場上，不逃避命運，不屈服於絕望，決心戰鬥到底的驕傲。

為了什麼而戰？

即使有人問，他們也答不上來。

無從回答。

他們沒有任何不戰鬥就會失去的事物，或是必須戰鬥才能守護的事物。

只是，唯有戰鬥到底是他們的尊嚴，唯有這份驕傲絕不能失去——為此，即使轉身逃跑還能苟延殘喘，他們寧可喪失性命。

「不管是逃離戰場讓其他人去打，還是裝聾作啞、苟且偷生直到被人縊死，都跟共和國那些傢伙一樣。只是在假裝活著，其實跟死了沒兩樣——我才不屑淪落成那種貨色。」

鄙夷地說出的話語當中，總是帶著冷酷的這個少年一反常態的強硬語氣，正等於他內心產生的強烈拒絕反應。

搞砸了。她咬咬塗上口紅的嘴唇。

她領悟到自己傷害了什麼。

她傷到了一切遭到剝奪的他們手裡僅有的一份驕傲，也因此減損了他們對自己寄予的少許信賴。

他們是八六。

是遭人遺棄於戰場，活在戰場上，置身只有絕望的戰場，仍然戰鬥到底——除了這份驕傲外一無所有，無依無靠的一群孩子。

不用再戰鬥了。忘了什麼戰場，安穩地過日子吧。至今葛蕾蒂以為是出於好意一再重複的話語，對他們而言，就像是連最後一點驕傲都要奪走那般。

鮮紅雙眸低垂下去，再也沒有看向她。

「在後方做指示，難保不會造成致命性延遲……我會直接指揮特攻部隊。」

†

進行突擊作戰的作戰要旨說明（簡報）時，無論哪個部隊都充滿了凝重悲壯的緊張感。

因為作戰目標本身只能用有勇無謀來形容。必須達成作戰目標的各個部隊，也必定被迫進行拿將士性命鋪設征途的血戰。

若不討伐那個射程達四百公里的戰略兵器，包括聯邦在內的三個國家——不，恐怕全人類都將敗北。

西方方面軍全軍，將進行直線距離一百公里的突擊作戰。

作為作戰的急先鋒，選上的是——八六的少年兵們。

氣氛緊繃的各部隊簡報室裡，全像式顯示器冷酷地投影出那幅作戰圖。

第一〇二八試驗部隊與其戰鬥部隊「極光戰隊」進行的簡報，氣氛也一樣緊張。

畢竟他們即將擔任衝進戰域最深處的特攻部隊，在整個西方方面軍當中，就屬他們無法活著回來的可能性最高。

葛蕾蒂平淡地結束說明後離開簡報室，接著指揮中心人員也離開了。整備班與研究班一邊談話一邊尾隨其後，最後是舊戰鬥屬地兵的戰隊員們表情僵硬地離席。

戰隊的最上級軍曹班諾德於離開房間之際，轉頭看向留在簡報室裡的五名八六。

「隊長。」

總是以辛的副官身分行動的壯年軍曹，只有這時候不是作為部下，而是露出年長者擔心小孩亂來的眼神。

「你沒有棄我們於不顧，好吧，我是很感激……但就算我們是禽獸，也沒有殘忍到能看著跟自己或親戚家裡小蘿蔔頭沒差幾歲的小鬼白白送死，還無動於衷……你們如果改變心意了沒關係，儘管命令我們自己去吧。」

「……」

沒人回應，班諾德也沒再說什麼，就走出了簡報室。

呼——萊登長嘆一口氣，從硬梆梆椅子的椅背上滑下身子，仰望天花板。

「……好吧，作戰內容是糟到會讓人對我們講這種話啦。」

「拿全軍當誘餌引出『軍團』，再趁這個機會衝進去，想辦法抵達一百公里外的目標地點，然後設法擊破電磁加速砲型，是吧？」

「而且只送我們過去，回程還得依賴本隊耶。誰知道本隊到不到得了那裡啊。」

「真要說的話，也要能活下來才需要想這個問題吧。四面八方滿是敵人，沒有任何支援或什麼的，真的也跟共和國沒啥兩樣。」

大家你一言我一語地講著，每個人嘴角卻浮現出淡淡苦笑。就像早就知道如此，近乎看開的苦笑。

事實上，也的確無可奈何。

有個敵人如果不除掉，自己跟其他人都別想活命，而那個敵人在敵陣之中的遙遠彼方，沒有任何手段能安全加以排除。如果即使如此還想活命，就算要選擇讓大半將士戰死的亂來手段，也只能硬上了。

跟共和國第八十六區的戰場一樣。
沒有任何戰鬥是輕鬆且確實的。
也沒有人能保證生還。
每次都是。
唯一的不同在於他們現在是自己選擇待在這個戰場。
可以選擇前進的道路。
只有同樣身為八六的他們才知道這有多可貴，所以，他們不會想放棄。
辛知道這點，但仍開口：
「中校是有告訴我，想退出的話也可以。」
「開什麼玩笑，現在選擇逃跑，豈不是跟白豬一樣了。」
賽歐不屑地說，然後忽地露出一抹淡笑。
「……是說，辛，你不也跟中校嗆聲了嗎？我們也跟你有同樣想法。」
在作戰要旨說明的過程中，葛蕾蒂沒跟辛四目交接。按照葛蕾蒂不願讓少年兵犧牲的個性，賽歐光是看到這樣，似乎就察覺到兩人在簡報前有過爭執。
然後，他垂下翡翠般的眼睛。
「不過，好吧，我們被選上參加最危險的任務，應該是因為我們是八六吧。只有這件事情讓我……好像有點寂寞。」

聯邦絕不是一個惡劣的國家。

至少比共和國好太多了。

被這種國家判斷為失之最不可惜的棋子——還是讓人有點寂寞。

「……是啊。」

為何而戰？——為守護什麼而戰？

這個問題的前提，是一個人總是為了守護某種事物而戰。八六沒有該守護的事物就上戰場，在聯邦看來並不正常。

既然沒有故鄉可回，也沒有家人可守護，去到哪裡都不被接受，那就只能待在戰場上了。

即使如此，他們仍不願被當成受人同情的寵物，讓人飼養。

怪物。

或許——真是如此吧。

活在戰場上，戰鬥到生命的最後一刻，逝於戰場。

這恐怕不是正常人該有的人生。

即使如此。

他下意識地雙手握拳。

因為我們，只有戰鬥到底的驕傲。

†

『——基於以上理由，包含五名八六在內，決定由極光戰隊擔任特攻部隊，以誅滅電磁加速砲型。』

地處高緯度的聯邦首都聖耶德爾，夏季日落得晚，官邸的大總統辦公室在終於西沉的夕陽餘暉照亮下，染得一片朱紅。

在恩斯特的視線前方，投影於整面牆壁的全像式顯示器上，西方方面軍總司令始終繃著臉，面無表情。

『這是正當的命令，屬於我這西方方面軍總司令的權限範圍之內。即使是受閣下庇護的孩子們，既然選擇從軍就不能有特殊待遇。恕我直言，即使是閣下也沒有正當權限顛覆這項決定。』

「我明白。當他們希望從軍，而我也同意時，我就做好心理準備了……我如果默認你們命令聯邦軍官送死，卻不准你們碰我的孩子，那就說不過去了。」

恩斯特淡定地回話可能讓司令官中將產生了罪惡感，他用稍顯著急的語氣繼續說：

『我想作為提升士氣的活動，沒有比這更好的材料了。從殘忍前敵國獲救的少年們，出於對新祖國的忠誠心，志願參加存亡危機作戰中最危險的部隊……老百姓最愛這種感人肺腑的情節。視報導的方式，不管是志願從軍人數或是閣下的支持率，我想應該都會上升……』

「玩政治不適合你，還是算了吧，中將。這不像你的作風。」

恩斯特回望如實呈現古風武將性情的嚴肅國字臉，用鼻子哼一聲。

他用同種語氣問道：

「……中將，這不會是相隔一年後的『消毒』吧？」

一瞬間。

沉默降臨兩人之間。

「剛保護他們的時候，包括你在內，幾位將校提出過這種意見——從『軍團』支配區域逃出來的小孩來路不明，誰會相信他們能逃出支配區域？說不定被某種物質汙染了，所以為了聯邦國民的安寧應該謹慎行事，將他們處理掉。」

他們從「獵頭者」的魔掌中，救出了五名小小年紀的少年兵。在保護他們的師團或師團之上的軍團指揮官之間，也是以同情的觀點占大多數。

他們在救人的同時，撿回了怎麼看都像是自爆用的駕駛機體。再加上那種對他人過剩的戒心，以及身上殘留的戰鬥傷痕，在在證明了這些孩子說受過祖國迫害絕非假話。

然而這些只要有意，全都是可以偽裝的。

無法證明他們並非共和國基於某些企圖送來的間諜。

不管是「軍團」無法運用生化武器的禁規（防護裝置），還是依循規定的檢查或隔離，都無法證明他們未受生化武器汙染，也不能證明他們本身不是生化武器。

沒有任何證據能保證他們是「乾淨」的。

即使如此，若是同胞，多少有點風險也該承擔，但他們是異邦人，聯邦沒有義務保護他們。部分將校提出相當強硬的主張，表示為了以防萬一，應該處理掉這些人。當時恩斯特表示以正義為國是的聯邦不能接受這種手段，駁回了此種主張，將校們也就此作罷，但是……

「我不是在指責這種主張殘忍。無論區別或歧視，都不只是出於惡意，善意也會造成這種想法。因為想守護重要的事物，所以要排除不重要的事物。這種心情我不會加以否定。」

就算這種想法會間接造成錯誤的、偏離人道的行為也一樣。

想保護摯愛的心情本身，正是發自人性。

「只是，生而為人卻不藉助語言，不費盡唇舌，只想以暴力達成自己的理念，很明顯是個錯誤。你們……並非只是表面上同意，然後拿國難當藉口偷偷出爾反爾吧？」

『——當然。』

停頓的一小段時間，不知究竟代表什麼。

『不過，希望您能考慮一下。事實上，他們並非什麼可憐的小孩，而是令人厭惡的戰鬥狂一類。就連這種怪物，今後我們深愛的祖國都要接納嗎？那真的是聯邦該達成的遠景嗎？』

然而對於這苦澀不堪的諫言，恩斯特一笑置之。

「當然了，將軍。」

至少這位中將，並不是以殺害兒童為樂的瘋子。

恩斯特明知道這點，仍毫不猶豫地即刻回答：

「那正是我的——我擔任領導人的這個國家該有的理想。誰教我是……」

這十年來，聯邦國民過半數一再選出的。

「聯邦國民全體意見的代表嘛。」

心懷榮耀。

高尚清廉。

秉持正義。

大總統由衷表述理想的模樣，倏然間看起來就像噴吐細焰的不祥火龍，令中將暗自屏息。

†

這是辛第二次在面臨極有可能無法歸返的作戰時，被要求要整理私人物品。只是不同於之前，這次沒什麼私人物品可以整理。

辛敲了敲那個房間的門，拜訪唯一需要送往後方的「行李」。

「芙蕾德利嘉。」

「門沒鎖。」

他打開單薄夾板製的門，只見在家具用品一直線排列，窄得像走道的私人房間裡，芙蕾德利嘉坐在狹窄的床上。她將下巴埋進懷裡的布偶頭上，鬧彆扭似的把臉別向一邊。

「作戰。」

聽到她看都不看自己就氣惱地說出的字眼，辛揚起了一邊眉毛。

「汝接受了是吧？接受了那種有勇無謀，有去無回的特攻作戰。」

「我應該有把同步裝置拆掉吧……妳都看見了？」

作戰內容是軍事機密，不只同步裝置，任何通訊設備都不能帶進場。

特別是這次的突擊作戰，若是計畫直接洩漏出去，必然引發混亂與反抗。假若萬一遭到「軍團」竊聽，內容被解析的話，那可是慘不忍睹。

但是能透視相識者過去與現在的芙蕾德利嘉，只要看見投影在全像式顯示器上的作戰圖或其動作，想必不難推測出作戰內容。

「既然如此，就不用我特地解釋了……妳趁現在回首都吧。等大家開始準備作戰，運輸線就沒有餘力送妳回後方了。」

「……吉祥物是給兵士們的人質，汝應該知道余是回不去的吧？」

吉祥物少女們在戰場上只會礙事，但目前還沒收到回國許可。

有如女兒或妹妹的少女人質們，用途是不讓士兵們臨陣脫逃。

她們的境遇各有不同。

無依無靠的孤兒、為減少撫養人數而遭雙親賣掉的小孩、為了對祖國表示忠誠，代替嫡長子被扔進軍中的貴族階級庶女。

為了將兵士留在可能遭到轟炸的基地，她們不可能獲准離開前線，就算獲准，她們也已無家可歸。

吉祥物的執勤期間最長也只到十二歲，據說期滿後，這些少女幾乎都會踏進幼年學校的大門，直接志願從軍。

她們無處可去，一旦適應了戰場，一輩子就離不開戰場了。

在變成那樣之前……

「妳應該回得去吧，現在不是顧慮別人的時候。」

「憑恃那個芝麻小官的強權，或許可以吧……但汝為何突然要余回去？汝自己不是說過，沒有必要讓他人決定自己的生存方式嗎？」

「我應該也說過，沒有必要的話，能不跟任何人的死亡扯上關係最好。」

出征後再也沒回來的家人也好，在「破壞神」主螢幕中被炸飛的僚機也罷，又或是懇求自己痛下殺手的瀕死同伴，甚至承受不住同步聽覺傳來的死亡悲嘆而自殺的戰友……如果可以不用看見，能不看最好。

下一場作戰當中，恐怕參加的大半將士都會捐軀。

那不是能看見相識者現況的芙蕾德利嘉——該看見的地獄。

「這次的突擊作戰中我方居於劣勢，一般來說許可絕對不會下來。若只是被擊退還好，前線還可能遭受反攻而崩潰。這麼一來，這座基地也不可能全身而退。」

那樣別說基地，就連首都也不可能平安無事，但辛沒說出口。要是去想這種問題的話，逃到哪裡都沒意義。辛絕無打算讓情況惡化至此。

「我記得那個的聲音……在第一區交戰時，有四個人被炸死。其實我不需要由妳來告訴我他在哪裡。」

奇諾與智世，托瑪與庫洛托。四名同伴與辛在第八十六區的最後戰場上並肩作戰，遭到敵人從戰場彼方單方面且輕而易舉地砲轟而死。

「這樣豈非黑白顛倒了！既然與齊利亞關係匪淺的是余，那麼汝才該回去不是嗎！」

芙蕾德利嘉跑過來，抓住辛大叫。布偶被她扔開，從床鋪滾落到地板上。她說想要，所以辛一時興起就買給她了，但辛不知道她是看上這隻有點詭異的手縫熊布偶哪一點。

「葛蕾蒂那邊由余去說，汝等此次就留下來吧。若是需要指出敵人位置的異能，汝能夠看穿所有『軍團』的動向，於聯邦軍更有用處。好不容易才逃出第八十六區的絕命戰場活下來，千萬不可在此等有勇無謀的作戰中送命。」

「就算能看見妳的騎士一個人，看不到其他人一樣無法突破支配區域。這狀態下突圍只會全軍覆沒。」

「可是……！」

「……妳為什麼就這麼想讓我們退到後方陣地？」

與自己同色的血紅雙眸畏怯地睜大。

並不是自從尤金死後——自從想到人終有一死，才變成這樣。

回想起來，芙蕾德利嘉從一開始，就只是說如果辛要回戰場，就請他誅殺自己的騎士，並沒有叫他為了誅殺自己的騎士而戰。

「妳不是希望我打倒妳的騎士嗎？雖說聯邦軍不惜全軍覆沒也要打倒電磁加速砲型，但妳為什麼要刻意降低成功的可能性？……是不是妳其實並不希望有人打倒那個東西？」

「……！」

這時閃過芙蕾德利嘉眼裡的，是無庸置疑的恐懼。

辛低頭看著她嘆氣。果然。

「……既然這樣，妳就更應該回去，然後忘了這件事吧。妳應該不想變得像我們一樣吧？」

「唔！汝才是，汝以為汝在對誰說話！」

芙蕾德利嘉用力推開辛，這麼吼叫著。

辛雖然是個少年，但成長期也快結束了，而且在戰場上生活得久，比起還是幼兒體格的芙蕾德利嘉，根本上體重就完全不同。她是做了推開的動作，但辛完全沒動，反倒是自己往後踉蹌，原地踏了兩三步才勉強站穩。

「汝追尋戰死沙場的兄長，以誅滅其亡靈為目的戰鬥至今，如今誅滅成功，卻又為何不許余追逐余騎士的亡靈！為何不許余達成目的！……汝想必也是心裡有底吧，知道沒有目的也沒有歸宿，只憑著驕傲活到最後，就會成為那樣悲慘的亡靈。汝想變成那樣嗎！」

纖柔小手的指尖指向西北。

辛能聽見那臨死的聲音，知道這正確指出了她的騎士的所在位置。

不過他只能聽見，不知道那人如今變成什麼模樣。

「……我不是妳的騎士。」

——因為，她就跟以前的我一樣。

——是這樣嗎？

不知在什麼時候，辛與萊登有過這段對話。

現在回想起來，的確，芙蕾德利嘉跟自己並不一樣。

無論要犧牲什麼，捨棄什麼，都必須誅殺兄長。

不償罪就無法前進。

不是能夠那麼輕易放棄的對象。

「想等同視之是妳的自由……但如果連妳的後悔與贖罪都要強加到我身上，會給我造成困擾。」

「！……汝這不明理的東西！」

芙蕾德利嘉終於發起脾氣來，大聲叫喚。少女的尖銳嗓音在狹窄的室內，刺耳地迴盪反彈。

「余是在叫汝別去！余都這麼說了，汝就該聽命啊，蠢材！」

她握緊小巧雙手，像個幼兒般直跺腳，鬼吼鬼叫。赤紅眼瞳頃刻間堆滿淚水，就這樣抬頭狠狠瞪著辛。

「汝後悔未對兄長說這句話吧？心裡希望他別去卻未說出口，兄長奔赴死地便一去不返，這事令汝後悔至今，對吧？但汝為何也要跟兄長做出同樣的事？——兄長對汝做過，令汝痛苦難過的事，為何現在又要用在余的身上！」

嬌小身軀發自五臟六腑的喊叫，令芙蕾德利嘉喘不過氣來，肩膀上下起伏。她大大吸進一口氣時，眼淚連帶著灑下，霎時間，彷彿壓抑至今的激動情緒決堤般，淚珠一串串滾落。

「……芙蕾德利嘉。」

「別去。」

那聲音細微又虛弱。

「余不想再失去『哥哥』……不願讓汝如同齊利那樣死去。」

「……」

「余再也不想讓哥哥送死，彷彿是余送他奔赴死地那樣。余再也不想讓任何人喪命了。所以……汝別去。」

†

深更半夜。

西部戰線的各基地進行燈火管制，然而負責率領部隊的將官、校官的一天尚未結束。

第一七七機甲師團的師團長辦公室關起電燈而變得陰暗，在厚重的辦公桌前，少將用資訊裝置的全像式顯示器光線當成燈火繼續工作，直到聽見細微的敲門聲這才抬起頭來。

看到進來的人，他皺起了眉頭。

「——如果是要重新檢討作戰計畫，我可不聽喔。」

「是，所以我是來提出建議的。」

葛蕾蒂將高跟鞋踩得喀喀作響，站到辦公桌前，收起下巴點點頭。

從一兵一卒到軍官，無論哪個階級都不允許拒絕命令，但只有軍官有權提出別種替代方案。只不過接不接受，自然要看長官如何裁定。

在夜晚的黑暗中，葛蕾蒂用炯炯透亮的紫瞳定睛凝視前方……隨即露出冷笑。

「您把極光戰隊以小隊單位打散運用，原來是為了避免這種事態發生啊，理查學長。」

即使處理終端展現出有如鬼神的戰鬥實力，憑著小隊程度的部隊規模，能打出的戰果可想而知。對峙的敵人數量少，當然會是如此。周圍友軍的人數也一樣少，因此其超乎常理的戰鬥能力也不至於廣為人知。頂多只會被當成戰場上的老套怪談，或是用來消遣的閒話罷了。

而只有小隊單位戰鬥實績的部隊，不會突然受任參與這種戰隊規模的精密作戰。

「……記得是叫作『破壞神』？只要看過那種不良兵器的任務記錄器，任誰都會想這麼做。還有極光戰隊的初征——一個中隊全軍覆沒，只有諾贊中尉一人倖存的戰鬥紀錄也是。不過妳似乎只對戰果與收集高機動戰的數據有興趣。」

「破壞神」的任務記錄器自啟動之後，所有資料檔皆以壓縮狀態保存下來，少將也確認過。裡面是異常的戰鬥次數，與異常的擊墜數。

根據保護之際的問話內容，那架「破壞神」是三架搭乘機體中的一架，每次只要嚴重毀損，他就會廢棄機體改搭另一架，因此搭乘期間不算太長。但看這紀錄，實在令人難以置信。

他知道如果直接投入前線，絕不會有什麼好結果。

他們強到與聯邦的一般軍人無法相提並論，是研磨到過度銳利的果斷魔劍。拿出來炫耀只會沒來由地遭人排斥，或是被當成好用工具用到損毀。

只不過實際上，他們卻是超乎想像的喋血狂劍。

「……別投入太多感情了，那些人雖是可憐的孩子，但既然已變成如此，就沒得救了。他們那種人以戰場為棲身之處，在鬥爭的日常生活中長大。有些事物成為那種人的一部分，就無法分割了。不管受到多深的慈愛庇護……他們都無法忘記戰鬥。」

「不。」

被她用強硬口吻打斷，少將抬起僅剩的一隻眼睛。

紫瞳在黑暗中犀利有神。

「他們絕不可憐，我們也無權為他們做決定。我們能為他們做的，只有給他們做決定的時間，以及耐心等候。」

那些孩子太過熟悉戰場，比隨便一個士兵都要來得可靠，所以一不小心就會忘記。

他們心中的某個角落，總是不小心將那些孩子當成老兵，當成更有年紀與經驗的軍人。就連不忍看那些少年兵送死的葛蕾蒂，都難免有這種想法。

但他們其實是剛過十五歲的孩子，來到聯邦甚至不滿一年。

不管是誰，習慣新環境都需要時間。如果是與之前截然不同的環境，而且以前的環境惡劣到令他們無法信任他人，就更不用說了。

他們突然被拋進陌生的世界時日尚淺，還沒適應聯邦這個新世界到足以伸手追求自己沒有的某些事物。在巨幅改變的環境下，他們只能全力保護自己，還沒辦法要求更多。

即使知道如何掙扎求活，一輩子遭人命令明天送死的他們，還不懂得如何繼續活下去。

所以，既然他們說自己只有戰鬥到底的驕傲，現在這樣就夠了。他們說自己沒有可以守護的家人，也沒有能回去的故鄉，這些都沒錯，所以無可奈何。

但總有一天，等到平靜下來之後……如果他們產生了心願，想再次得到遭人剝奪的事物……

假如，即使如此他們仍然選擇戰場作為人生歸宿，那也可以。

這些選擇應該在他們自己的手裡，並非他人可以決定，更不能認定他們永遠不會有這些選擇。

雖不知道要花上幾年。

即使如此，總有一天……

「雖說他們現在是聯邦國民，但畢竟過去是外國人，我國有義務做這麼多？」

「當然，這是天經地義的責任。既然我們傲慢到同樣是人，卻像撿溺水小狗般救助別人，就應該負責。」

只要給他們像樣的飼料、床鋪與飼主，應該夠幸福了吧——當初以為出於善意，現在想起來簡直是把人當小狗，從未顧及他們該有的意志與驕傲。

就沒把人當人看的這點而論，就跟共和國民對八六們做出的事相差無幾。而且他們完全以為這叫行善，因此本質上來說或許更糟。

人類即使面對眼前的他人，有時都不會將對方視為一個人，而像是劇作或戲曲中的角色，當成享受消遣性同情或正義感的圖像消耗掉。

「妳以為在戰場磨利、鍛鍊出的血刀，能理解人類感情嗎？」

「以前我們做過一樣的賭注吧，學長？當時是我贏了——只是後來『軍團』奪走了一切。」

「……」

少將深深嘆了口氣。

「我重複一遍，不要對那種東西投入太多感情，葛蕾蒂。妳只是把他們跟亡者重疊在一起罷了……跟那些再也不可能取回的事物。」

「是呀，沒錯。但是……那又怎樣？」

葛蕾蒂不顧禮數地把手撐在辦公桌上，挺出上身。她逼近對方，帶著某種僵硬的笑意。

「如果知道我失去過什麼的人都會這樣顧慮我，那正好。要說幾遍都行，我就是不喜歡看小孩子死在戰場上……只要能預防這種事發生，我什麼事都願意做。」

說完，葛蕾蒂淒厲而決絕地微笑了。

咬緊到口紅悽慘掉色的嘴唇，仍冶豔地在黑暗中血紅綻裂。

「我可愛的戰爭女神（女武神）們將要粉墨登場，慢吞吞的運輸直升機可配不上這種舞台——我要你准許我使用那個。」

少將雙肘立在辦公桌上，雙手交疊遮住口部，嘆氣了。

「……『那個』啊。」

「沒錯。」

葛蕾蒂稍稍點了個頭。

在她的軍服左胸前，有著即使組織解體仍不曾摘下的，羽翼少女造形的舊空軍駕駛員徽章。

「給我『尼塔特』。」

86
—不存在的戰區—

Why, everyone asked.
Without knowing that it is insult.

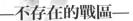

第七章　死得其所

『——飛輪一號、二號啟動。臨時變電所無異常。』

『開始冷卻彈射軌，冷凍機運轉率百分之二十三，繼續上升中——』

『開啟座艙罩，開始展開彈射軌。』

轟嗡……遙遠頭頂上方傳來沉重噪音，在待機狀態的「送葬者」駕駛艙中闔眼的辛抬起頭。

三面光學顯示器此時與母機的機外攝影機同步，在機頭朝上的斜面前方，掩藏地下彈射器的頂罩漸漸打開。

從暗渠底部仰望的四方形天空，呈現薄明時分特有的深藍色。尚未露臉的太陽從地平線另一頭射來光線，使黑暗夜色漸漸暈開，形成獨具透明感的碧藍天空。不知其名的秋季星座散發柔和光暈，淡淡地散去。

滑動伸長的彈射器延長軌道彷彿向天挑戰般刺進黎明穹蒼，在斬裂夜晚空氣的金屬聲之下，接合處得到固定。

『第一到最終接合固鎖——完成。「尼塔特」起飛準備就緒。』

†

她第一次將「那個」展示給眾人看，是在一個月前決定對「軍團」支配區域進行突擊作戰之後，又過了一個多星期的時候。

「——雖然似乎有些人把這裡叫作『無法開啟的鐵捲門』……」

師團司令部基地第一〇二八試驗隊機庫深處的那道鐵捲門，經她這麼一說，的確從來沒看人開啟過。

防爆式厚鐵捲門內側是個寬幅超過一百公尺的斜坡，站在整塊地板往下沉的電梯操作盤前面，葛蕾蒂注視著電梯慢慢降下的黑暗底層說道。異樣巨大的升降梯儘管讓十五名處理終端、整備組員、管制人員與研究員全數搭乘，空出來的空間還是比較寬敞。

「這座機庫原本是用來存放舊帝國空軍的實驗機。開戰後，軍方被迫暫時放棄整座基地時，實驗機無論是首次展示或飛行測試都已經完成，只等開始量產了。」

「將這東西設施置在地下想必是為了保持機密，但怎麼會在當時鄰近國境的這座基地測試實驗機呢？」

「因為它不像戰鬥機或轟炸機那樣各項功能都需要保密，真要說起來，軍方對那孩子的最大要求是『看不見』。進行試飛需要一個寬廣且空無一物的場地，除了這裡西部戰鬥屬地之外，找不到這種場地。機庫位於地下是為了防備空襲，而且地下比較利於營建相關設施與經營維護。況且多虧於此，那孩子才沒被回收運輸型帶走。」

除了斥候型之外，「軍團」的感應器敏銳度很低。如果是掉在同個空間的機甲或戰鬥機還另當別論，它們將這塊土地占為支配區域的幾年之間，恐怕根本沒發現到隱藏於防爆鐵捲門與隔牆深處的「實驗機」。

「相關設施？」

「基本上來說是飛機跑道，或者應該說是跑道附設的彈射器……配合軍方要求的規格做到最後，重量增加太多，結果變得需要電磁彈射器才能起飛。」

電梯略為震動一下，停了下來。

在昏暗空間中，葛蕾蒂熟門熟路地走下電梯，軍靴跫音迴盪到遠處。這個空間很寬敞，無論寬幅、深處或高度都很大。所有電燈同時亮起，ＬＥＤ的白亮燈光一瞬間刺痛了視網膜。

背對著「那個」，葛蕾蒂轉過身來。

不知道是處理終端，還是初次看到的整備組員或管制人員倒抽了口氣。

一時之間——誰都沒能徹底掌握蟠踞眼前的「那個」的全貌。

「那個」就是如此巨大。

全寬恐怕將近一百公尺長，比舊帝國空軍工廠引以為傲的世界最大級運輸機Ｃ－５「鷲巨人」更大。暗沉鐵灰色的機體呈現隱形戰機特有的平面構造，形似巨大迴旋鏢的全翼機，形狀讓人聯想到展翅高飛的龍。

「這就是試作型翼地效應機，XC－1『尼塔特』。」

陌生的機種名，加上可能取自聯邦東南部古老傳說的名稱。

那是自墳墓中復活，拖著自己的影子匍行於墓地，敲撞教堂大鐘的吸血鬼之名。

用作征服天空的軍用航空器之名──相當不貼切。

葛蕾蒂接著說出的內容，同時解答了兩個疑問。

「它是運用在地表附近獲得的升力，貼近地面飛行的異形航空器。巡航速度與裝載量等同於一般航空器，由於能在距離地面幾公尺的高度進行超低空飛行，比巡弋飛彈更低，因此無論是雷達或對空飛彈都難以捕捉到它……原本是在戰鬥屬地的前線腹地，為了鋪設專用空中走廊進行大規模高速運輸而打造的機體。裝載量標稱二五〇噸，但如果不預留空間，可以裝載到三〇〇噸。算起來『破壞之杖』的四架機體分隊，能夠整個直接搭乘上去。」

說完，葛蕾蒂有些凶殘地笑了。

「『女武神』的話十五架全部載得動……比什麼運輸直升機快得多了，而且可以稍微安全一點把你們送到電磁加速砲型那邊。」

巡航速度快，能在雷達網底下進行超低空飛行，而且比起運輸直升機編隊的噪音還算安靜，這樣至少去程的危險度會確實降低。

只不過……

賽歐聽完，冷眼說：

「是說這種東西在陸上飛行沒問題嗎？離地幾公尺的高度，隨便都會撞上大樓或民房吧？」

會伴隨著別種危險。

「雖說是『軍團』支配區域，但這次的作戰區域原本是帝國領土啊。地形資料或地圖我們都有。況且人類的話另當別論，但『軍團』不會建造城鎮或房屋，所以即使是支配區域，地形也沒什麼變動。」

好歹也是陸戰兵器，要是淋個雨就不能動了，還打什麼仗。

「前線不會有太多自動工廠型或發電機型等大型建造物，再說諾贊中尉應該能夠掌握它們的位置。邊閃避邊飛就行了。」

「……我能掌握位置，但不能確定指出機種。」

「足夠了，簡而言之，只要能飛在沒有『軍團』的地方就好。」

雖說侵入了不易遭受迎擊的超低空，但飛行路線上如果有「軍團」還是會遭到擊墜。離地數公尺的高度，就連不擅長應付仰角的戰車砲都能輕易狙擊。

「是說啊，起飛還需要彈射器，那回程怎麼辦？飛不起來吧？」

「極光戰隊在最初的作戰計畫中，本來就預定讓本隊接回呀。情況一樣，只是能搬運備用的『女武神』罷了。總比用運輸直升機待命好。」

聽到這番話，老資歷的整備班長眉頭一皺。

FRIENDLY UNIT

[友軍機介紹]

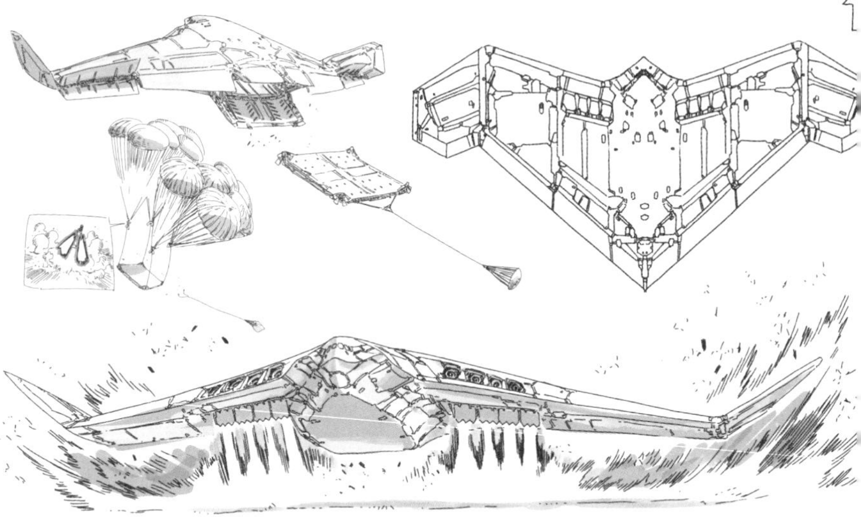

[試作型翼地效應機]

XC-1「尼塔特」

[SPEC]

[製造商] WHM
[裝載量] 標稱250t／最大300t以上
[武裝] 無

「翼地效應機」是在距離地面僅幾公尺的高度飛行，極為特殊的飛機（飛行原理如同貼近海面飛翔的飛魚或海鳥能夠高速進行長距離移動）。原本是為了在幅員廣大的舊帝國國土運輸物資而試作，但日後基於與「軍團」的戰爭爆發等原因，並未實際運用。如同本文中所述，由於此種機體能進行超低空飛行，因此能夠躲避雷達或對空兵器，並且高速運輸大量物資，但因為機體特性的關係，只能運用在沒有障礙物的平地區域，而且起飛需要使用彈射器，難以靈活運用。

「大小姐，我覺得應該不至於會是我想的那樣，但是說——誰來開飛機啊？」

葛蕾蒂用一種詼諧的態度張開雙臂。

「我啊。」

†

「——我是覺得中校其實沒必要來。」

聽辛平淡地說，在知覺同步的另一頭，葛蕾蒂坐在正準備起飛的「尼塔特」操縱席，反倒顯得很開心。

『除了我以外，還有誰能開動這孩子？舊空軍的駕駛員幾乎都戰死了，而且只有我在試飛時操縱過「尼塔特」……幸好本公司還留有飛行模擬器。』

不吉利的自言自語讓幾人發出某些呻吟，但葛蕾蒂似乎沒放在心上，辛也不介意。

「對喔，中校是前空軍駕駛員嘛。」

『……你這口氣聽起來，好像是到現在才想起來呢，中尉。』

事實上他絲毫不感興趣，所以的確是忘了。

『這樣的話，我看這件事你也不記得了吧。我還是反對讓你們這樣的孩子上戰場……也許你們八六在這裡戰鬥到底是一種驕傲，也是一種自我認同，但我也不能退讓。既然要戰鬥到底，至少與你們並肩作戰，讓你們能戰到最後——就是我的職責。』

「……」

『你們抵達的這個國家，雖然離理想鄉終究還有段距離，但只有這點希望你們記住。在這個國家，沒有人希望你們戰死，反倒是希望你們不要死。我也是，師團長也是，部隊各位成員也是……還有這位人士也是。』

『——好久不見了，你們都還好嗎？』

聽見穩重而令人意外的聲音，辛眨了眨眼。不是知覺同步，而是來自「尼塔特」機外的有線迴路。

「恩斯特，你怎麼會來這裡？」

『呃，搞清楚，我好歹也是聯邦軍的最高指揮官喔。現在是聯邦全體國民、國土全境與鄰近諸國的存亡危機，我當然會來督戰嘍。更何況你們可是這場作戰的關鍵——沒錯……』

恩斯特呼地吐一口氣時，已經切換成十年來領導聯邦的領袖聲調。

『聯邦、鄰近各國與人類的未來，全看你們極光戰隊的成果。你們要理解這點，務必擊破電磁加速砲型……期待你們的表現。』

「了解。」

『再來……還有一件事，這是最優先任務。』

辛抬眼瞄了一下前方，恩斯特似乎真摯地點了個頭。

『你們所有人都得回來。』

那聲調很奇妙。

聽起來有點虛偽。

與其說是為他們擔心，更像是為了自己而說的。

「……我們會盡力。」

『這樣不行，你們一定要回來。』

不協調感依然存在。

但身為臨時大總統，又是文件上養父的男人卻正好相反，用極其真摯的口吻說：

『你們不是要戰鬥到底嗎？在我們聯邦呢，戰鬥到底的意思不是戰死，而是活到戰爭結束。所以你們要回來，一定……今後每一次都要。』

「沒錯，你們一定要回來。」

恩斯特關掉耳麥，喃喃自語，坐在西方方面軍聯合司令部的司令席上。

此時，他脫掉這十年來逐漸成為聯邦臨時大總統註冊商標的量產西裝，穿起了聯邦軍的鐵灰色軍服。

第一次遇見他們時，也是在這處西部戰線，只是位置不太一樣。

他來到戰場督戰時收到報告，得知軍方從「獵頭者」重戰車型手中救出了異國的一群少年兵。

恩斯特很可憐他們。

也希望能代替自己未能誕生的孩子，讓他們幸福。

但更重要的是……

倏然間，一種冷酷而極為空虛的笑意，掠過聯邦大總統的碳灰色眼瞳。

因為，無法拯救受傷孩子的國家，孩子無法獲得幸福的國度……

為了某些人的利益讓孩子送死的世界，完全不是「她」相信過的，人類該有的理想姿態——

恩斯特長嘆一口氣。

就像倦於世事的火龍，呼出細長的火焰嘆息。

就像他希望一切乾脆能焚燒殆盡。

「不然我會——毀掉這個世界。」

指揮中心的主螢幕上，到作戰開始時刻的倒數計時進入最後五分鐘。

站在較低位置的參謀長投來一瞥，恩斯特對他輕輕點頭。

†

星曆二一四九年十月九日，第一曙暮時刻(BMNT1)。

看到司令席的臨時大總統與副司令席的中將頷首，參謀長開口了。他穿著聯邦軍的鐵灰色軍服與軍帽，雙手置於拄地的刀柄尾端，以皮繩封住刀柄刀鞘的細長軍刀代替指揮棒。

「——諸位戰士，注意。」

參謀長的聲音在嚴密的無線電靜止狀態下，透過有線迴路傳送到西部戰線的全部隊當中。

『西方方面軍全軍即將進軍前往「軍團」支配區域。』

所有人都處於極限緊張狀態，屏氣凝神傾聽那冷漠的聲音。

作戰目的、概要與各部隊的職責，都在出擊前的簡報接受過說明，不需要現在再聽一遍詳細內容。

西方方面軍、聯合王國軍、盟約同盟軍的目標，是壓制並奪取幹道走廊。

而特攻部隊將受命擔任先鋒闖入支配區域後方，擊破潛藏於該地的電磁加速砲型。

參與這場等於對付「軍團」全軍的作戰——不允許撤退或失敗。

『這是人類史上最大規模的作戰，不只共和制齊亞德聯邦以及友邦羅亞·葛雷基亞聯合王國、瓦爾特盟約同盟，也左右著可能連求助聲音都傳達不到的鄰近友好諸國的命運。諸位是捍衛祖國同胞的剛勁護盾，同時也是開拓人類未來的銳利寶劍——戰神不嘉許奴僕，只祝福戰士。在雙頭鷲的旗幟下，諸君必須抱持必死決心前進。』

「注意！」

在最前線東方十公里外的戰線後方，砲兵部隊將重砲砲口一字排開，展開陣勢。

一五五毫米的牽引式榴彈砲，威儀有如沖天槍矛。一五五毫米自走砲將同種火砲搭載於卡車上。還有舊式一〇五毫米榴彈砲，以及僅只布署少數就停止生產的二〇三毫米榴彈砲也排列於火砲陣地，多管火箭砲系統（MLRS）將四〇門箱型彈艙朝向黝暗的西方天空。

「我們的任務是支援友軍部隊進擊！當我等戰友在泥濘中匍匐前進時，就由我們把那些擋路的可恨臭鐵罐炸成碎片！」

聽到這番揶揄裝甲步兵或機甲被火線壓得抬不起頭，必須在戰場泥巴與血灘中匍匐戰鬥的玩笑話，臉孔因極度緊張而僵硬的砲兵們勉強笑了笑。

砲兵部隊的指揮官環視眾人，點點頭。軍帽下是一頭黑色長髮，黑框眼鏡把少女正值荳蔻年華的白皙臉蛋遮去一半。

「為了最前線的戰友們，為了走得更遠的戰士們，不管發生什麼事都不准停止砲擊！管他是砲身爆裂還是天使飛過空中，都給我繼續射擊！——全體人員，準備射擊！」

在最前線，機甲部隊的營房。

「——預先轟擊結束後，就輪到我們出擊了！別給我嚇得不敢前進！誰沒跟上，就把你寫給愛人的信件朗誦給大家聽！連愛人都沒有的處男，就唸你寫給媽咪的信！」

機甲部隊指揮官粗野的嗓音透過外部喇叭響徹四周，待機狀態的「破壞之杖」陸陸續續起身，載滿了隨行裝甲步兵的步兵戰鬥車也跟著啟動引擎。

動力系統逐漸提高轉速的尖銳低吼，以及柴油引擎特有的斷音，刺進拂曉時分還留有濃重夜色的琉璃般天空。

反正在「軍團」支配區域——阻電擾亂型展開的區域下派不上用場，資訊鏈從一開始就關掉了。看了看映照於三面光學感應器的僚機隊伍，剛到二十五歲上下的年輕指揮官這才將嘴巴湊向外部喇叭。

「誰要讓共和國的怪物保護我們啊……這場戰爭是我們的戰爭！讓那些戰鬥狂見識見識聯邦軍人的驕傲！」

機甲部隊指揮官的聲音透過外部喇叭，在拂曉的紫黑天色中嗡嗡作響，聽得裝甲步兵部隊的隊長在步兵戰鬥車中苦笑。

「真是，年輕人不管在哪裡，總是這麼熱血……」

裝甲強化外骨骼肩上掛著愛用的一二．七毫米重機槍，掀起了遮臉的護面罩，暴露出四十歲左右的國字臉。部下們常取笑這張呆臉與其說是身經百戰的裝甲步兵，倒比較像是擁擠電車上累壞的上班族。即使到了這時候，臉上還是顯得有點想睡又慵懶。

他在受到裝甲板封閉的微暗機艙空間中，環視坐於左右座位的部下裝甲步兵們粗壯樸質的剪影，毫無半點霸氣地開口：

「好了，各位。驕傲或榮譽那種帥氣字眼交給想說的人去說，我們今天還是一樣，只想著如何活著回來就好……說是這樣說……」

步兵部隊長瞄了一眼貼在裝甲強化外骨骼內側的妻小照片，還是一副呆愣的臉孔，聳了聳肩。

「要活著回來，首先必須有家可回。就讓我們今天繼續好好保護吧，保護我們還有……」

明知會第一個被輾碎，仍甘願打頭陣闖入「軍團」重圍，眼前這些機甲部隊的年輕人。

還有在那前方，知道征途有去無回，清楚自己是以折斷為前提而被擲入敵軍的槍尖，仍願意被送往敵境的少年兵們。

對於這種反常的感傷，部隊長忍不住露出微笑，便放下護面罩以掩飾表情。視網膜投影與光學影像重疊，作戰開始倒數計時。

十秒後作戰開始。三、二、一——

「我等戰友們能回去的故國（家園）。」

——零。

參謀長與西方方面軍總司令望向自己，恩斯特點頭回應，冷漠地開口。身上是鐵灰色軍服與軍帽，戰壕大衣(Trench coat)則是沒套上袖子，像披風般披在身上。

「作戰開始。」

「射擊————！」

號令一出，砲兵陣地的所有榴彈砲與多管火箭砲系統，以及步兵部隊的一二〇毫米迫擊砲全發出咆哮。

猛烈的後焰掀起沙塵，火箭拋下砲聲飛向天際。

這些砲彈如鋼鐵牆壁般覆蓋東方天空，一時掩蔽了淡淡殘留的星光，在天頂附近達到拋物線頂點，伴隨著撕裂空氣的尖銳聲響與衝擊波，刺進了「軍團」的支配區域。

「——前進命令來了！好啦，大夥兒，我們上！」

「別跑輸那些只會突擊的笨蛋了，各位。最好能踹飛他們的屁股！」

後方砲兵部隊的突擊預先轟擊仍不見止息。

也不管砲身過熱，連轉移陣地都嫌浪費時間，只管猛烈砲轟。在每分每秒震撼大地的大口徑榴彈炸裂聲中，組成楔形陣的機甲部隊「破壞之杖」開始前進。他們轉瞬間達到最高速度向前直衝，背後有步兵戰鬥車如影隨形地跟進。

動力系統與引擎發出的凶暴吶喊宛如戰吼，鋼鐵濁流疾馳於微明戰地。

†

「軍團」支配區域與人類之間的狹縫，稱作交戰區域。待機狀態的自動機械群剪影在黎明黑暗中隱隱浮現時，一架斥候型抬頭仰望東方天空。

在高性能複合感應器對準的方向，遙遠上空出現一道刺眼的閃光。

緊接著，是一陣猛烈的打擊。

大量自鍛碎片於上空散布，各自啟動雷達，在作為獵物的機甲兵器正上方炸開，化作秒速三〇〇〇公尺的鐵鎚掃蕩「軍團」部隊。

連重戰車型都能刺穿的著彈衝擊力連續爆發，大地為之震盪。掀起的漫天砂土在高空中形成灰棕色帷帳。

有東西撞破了這片帷帳。

自動機械們勉強倖存而試著站起來時——一群「破壞之杖」猛然衝殺過來，如狼群般襲向它們。

†

在聯合司令部指揮中心正面的主螢幕上，各部隊英勇戰鬥的模樣，以部隊圖示的移動與激烈衝撞的形式顯示出來。

對峙的「軍團」一方的部隊總數，比參加作戰的三國加起來還多。自動機械們在數量上占優勢，然而友軍的藍色圖示分割了敵軍戰線，引誘過來後加以擊潰，繼續前進。

「唔！動了……上鉤了……！」

可能是為了展開迎擊，確定待在後方支配區域內的「軍團」機甲部隊排山倒海地開始移動。

管制官轉頭一看，確定參謀長點頭後，語氣犀利地對著耳麥說：

「已成功引誘『軍團』前線部隊，準備進入第二階段——聯合司令部（戰神總部）呼叫一〇二八管制室（世界樹總部），『尼塔特』請起飛！」

『——好，準備出發嘍！』

一聽到「尼塔特」雙翼四具引擎發出噴射機特有高音咆哮的瞬間，電磁彈射器的猛烈動力將六〇〇噸的機體踢飛了出去。

「……！」

即使習慣了運輸機起飛或「破壞神」的高機動力，這種加速對他們而言，仍是未知而強烈。

電磁波用雜訊布滿主螢幕，下個瞬間，黎明的淡藍天空已在眼前擴展開來。

「尼塔特」一口氣衝完地下跑道，幾乎只在一瞬間就跑上斜坡頂端，一躍來到地面上，憑著其高速乘風飛翔。

徹底渲染大氣的深藍，以及仍在秋季刺骨清晨中熟睡的草原映照在螢幕上，但眨眼間就流向後方去了。

速度就是如此之快。

而超低高度讓這一切再清楚不過。

『這……這比想像中還可怕呢……！』

『最早提出要做這玩意兒的傢伙腦子是不是有病啊！』

葛蕾蒂坐在操縱席，笑出聲音來。

不像平常的她，那種笑聲大到有點刺耳。看樣子是分泌了過多腎上腺素，情緒太亢奮了。

就像許久沒涉足火熱賭場，無法抑止熱血沸騰那樣。

『能讓天不怕地不怕的你們這樣說，真是我的榮幸！順便一提，這孩子最快可飛到時速八百公里喔。距離目標還有一百多公里……盡情享受九分多鐘的空中旅程吧！』

†

「軍團」支配區域，上空兩萬公尺。

鄰接三國的所有戰線連珠炮地傳來的遇敵報告，全讓那架「軍團」貪婪地一一接收。

它是阻電擾亂型的母機——警戒管制型。

在對空砲兵型與阻電擾亂型布署出的絕對性航空優勢下，這種空中預警機能從遙遠高空單方面全盤掌握人類各軍的大小動靜。全寬一二二公尺的機翼鋪滿太陽能發電板，直到遭受擊墜，或是作為自動機械的壽命到來之前，這隻白銀大鴉會永遠飛行下去。

此外，它也兼具指揮管制機的角色，能夠統整、分析子機阻電擾亂型隨時轉接的「軍團」間通訊，並指示管制下的「軍團」做出對應。

它藉由蜂擁而來的無數情報，即刻做出分析與判斷。經過管制的網路戰力有限，必須要求廣域網路做出對應。

警戒管制型一邊將這份報告送往支配區域最深處——由總指揮官機統轄的廣域網路，一邊追蹤進攻的敵軍，傾斜機翼在高空中調轉方向。

『了解——無面者呼叫第一廣域網路所屬機體全機。已確認來自聯邦、聯合王國及盟約同盟的進犯。』

第一廣域網路——阻絕聯邦、共和國、聯合王國與盟約同盟這四國的「軍團」集團總指揮官機傳來通訊。電子的聲音在空中高速傳輸。這是機械亡靈之間交談的呢喃，既非人聲，也非人語。

它是擁有「無面者」呼號的「牧羊人」。連能讓妻子及寶貝女兒認出自己的相貌(face)都已經失去，但仍明瞭身為人的信念(faith)。這個亡靈生前具有的教養，讓它能用這種諧謔與諷刺自得其樂。

總指揮官機判斷這是預料中的狀況。

既然敵軍的航空兵器與導引兵器遭到封鎖，又不具有同等的超長距離砲，除了將一切賭在全軍突擊作戰上別無他法。看來三國軍方並未固執於當下戰死者較少的作戰，而等著被敵軍用電磁加速砲燒盡戰線。

不像他過去的祖國——躲在牆內的美夢裡故步自封，最後牆壁無力地遭到粉碎，國破家亡。

話雖如此，也只有反共和國戰線的作戰計畫順利進行。

兩個月前，做好萬全準備發動的四面同時殲滅作戰，第一步就受挫了。

因為聯邦軍彷彿連攻擊開始的時刻都精準預測到了，雖說是匆忙準備，但的確部署了迎擊態勢嚴陣以待。

它知道有這種現象。

它一再接收到這種報告，來自與它過去的祖國——聖瑪格諾利亞共和國對峙的戰線。有個特別異常的戰區——無論何種奇襲或埋伏都會被看穿，到了無懈可擊的地步。而作為援軍投入反聯邦戰線的電磁加速砲，在阻電擾亂型展開的電磁干擾下，從超過一百公里的遠距離發動攻擊，卻遭受到被鎖定正確位置的反擊，或許也是因為……

計畫的延遲，必須在今天補回。

它們的敵人，必須遭受殲滅。

『全機解除待機，將戰術演算法設定為殲滅戰鬥模式。』

程式設計出的殺戮本能，命令它們進行已不需要理由的戰鬥。這是早在多年前滅亡的帝國，組進自動機械們之中的交戰規則。是只需一味殺戮未登錄為友軍的存在，單純的，只要沒人阻止就會永遠戰鬥下去的本能。

總指揮官機早就不再去思考這是多麼空疏的一件事。

人類的語言，在他好幾年前死於第八十六區戰場時，就已經喪失了。

『開始殲滅。』

†

「前線部隊開始進擊了——指揮車呼叫所有車輛！我們也要前進，火速準備移動！」

最前線的機動部隊與敵軍前線部隊交戰時，砲兵的職責不是攻擊那些交戰對手，而是打擊從它們後方送來的增援。當然，只要機動部隊繼續前進，他們這些後衛也得拖著沉重火砲，配合前線的移動在焦土戰場上奔走。

「將砲擊區域移至前方！打爛那些臭鐵罐的鼻尖——」

砲兵部隊指揮官少女將裝甲指揮車讓給最前線，與其他人員同乘一輛多用途敞篷車輛，一手拿著車用無線電的麥克風激勵眾人，但講到一半有種不祥的預感，她便將視線霍地往上一看。

此時，將藍色天空切出濃黑裂痕的鐵灰色榴彈與火箭砲彈，已無聲無息地淹沒了西方天空。

那是長距離砲兵型的反擊火砲。具備高性能反火砲雷達的斥候型兩分鐘就抓出發射位置，由連接資訊鏈的長距離砲兵型即刻進行精確砲擊。

「唔，快躲避————！」

她因為喊叫，自己的行動慢了一步。體感時間拉長的最後一瞬間，砲兵指揮官茫然注視著落向自己頭上的一五五毫米砲彈。

「上尉！」

指揮車駕駛員撲了過來，她被那大塊頭的身軀撞落指揮車，就這麼讓人壓在地上。

著彈。

反裝甲、反人員多用途榴彈的砲火齊射，秒速八〇〇〇公尺的衝擊波、爆炸火焰與四處散播的高速榴彈碎片，肆虐了整片砲兵陣地。

一日直接命中，就連「破壞之杖」都會碎成粉屑的一五五毫米榴彈打個正著，指揮車整輛炸成碎片。

脫落的黑框眼鏡被衝擊波震飛，扭曲變形地飛上半空。

讓駕駛員覆蓋在自己身上，砲兵指揮官只是眼睜睜地看著。

榴彈在地面炸開時，雙腳朝向爆炸地點趴在地上，可以減少傷害。再加上人體密度遠比空氣來得大，能夠有效抵擋榴彈碎片。

砲兵指揮官趴在地上，受到駕駛員的身體保護而倖免於難。

但保護了她的駕駛員……

壓在她身上的駕駛員，突然變得沉重。

砲兵指揮官差點被重量壓扁，好不容易爬出來後，她倒抽一口冷氣。

「——伍長。」

恐怕……

眼前的這個，就是駕駛員了。

她只茫然自失了一瞬間，接著砲兵指揮官立刻抓起掉在旁邊，鏡片裂開的眼鏡站起來。原本整齊排開的砲兵陣地蕩然無存，麾下部隊在一瞬間內變成了鐵塊與肉片悶燒的地獄。她環顧這一切，沒有麥克風，就用自己的丹田喊出聲音。

她吸進一大口身邊的血肉焦臭卻絲毫不以為意，眼神令人毛骨悚然。

「——報告損害情形！戰鬥還沒有結束！」

在殘留夜色的微暗之中，綠浪起伏的草原猶如暴風雨中的大海。夜晚露水與穿甲火花如飛沫四濺，鐵灰與深灰的波濤撕裂夜晚空氣，爆發激烈衝突。

一方是由「破壞之杖」、裝甲步兵與步兵戰鬥車組成的機甲部隊，一方是由戰車型、近距獵兵型與斥候型構成的「軍團」混合部隊。兩者打得難分難捨，形成大混戰的漩渦。

不具遮蔽物的草原，等於讓擁有高度火力與運動性能的戰車型、重戰車型獨占鰲頭。聯邦軍機甲部隊明知對己方不利，仍不得不踏進這個戰場，只得以多架機體對付一架，並以僚機當作誘餌繞到敵人背後，試著藉此顛覆敵軍的優勢。一方試圖繞到背後，一方則不讓對方如願，在這種機動動作激烈的戰鬥中，形成混戰可謂必然。

而在這種情況下產生的無數死角中，潛藏著那個。

坐在「破壞之杖」後座，機甲部隊的部隊長在光學感應器的狹窄影像中，看見了那個。

在多腳戰車有稜有角的砲塔邊緣，有個小型人影用手掌抓住自機裝甲的邊緣爬上來。

那是戰場上不該有的，約莫三歲左右的幼兒身影。部隊長一時之間來不及理解，呆愣地看著那裡——只見拖著身體爬上來的那東西，腰部以下斷裂，什麼都沒有。

是人類的話絕對動不了，無庸置疑是致命傷。

換言之，那個不是人類。

反戰車自走地雷。

讓人大意的小孩外形，是十年前戰線附近還留有一些國民時，經常使用的初期型號。

位置在砲塔後方，重機槍俯角的下面。一被對方爬到那裡，就無計可施了。

呈現幼兒大小與形體的殺戮機械，在砲塔上面爬行。

無臉大頭湊過來看光學感應器。合成的童聲明明沒有嘴，聽起來卻異常地清晰可辨。

——媽……媽。

「……該死的王八蛋……」

『哎呀，這樣可不行喔。』

咚，一陣輕微衝擊傳來。

比起超過五〇噸的「破壞之杖」實在太輕，即使包括裝甲強化外骨骼也只有一百公斤程度的重量跳上砲塔。接觸式迴路開啟，裝傻般的聲音說道：

『年輕小夥子先死，爹娘會哭泣的。』

沒時間舉起攜帶的一二．七毫米重型突擊步槍射擊，也沒時間跑過去踢開那玩意兒。所以裝甲步兵乘著跳上戰車的力道，撲向了反戰車自走地雷。比起「破壞之杖」顯得不足輕重的總重量，卻不是幼兒型自走地雷能抵得住的重量。抓住裝甲的雙手一下子就鬆開，與裝甲步兵糾纏著一起摔落砲塔……

接著就是一道閃光。

「上尉……！」

那些炸藥能用來穿透「破壞之杖」厚重的裝甲。換成單薄的輕裝甲與脆弱人體，連一點痕跡都不會剩下。

一小塊物體輕輕飄舞，掠過光學感應器飛起。

它的邊緣著火，正在燃燒——是一張雙親與三個小孩的全家福。

該死……！

沒那閒工夫咬嘴唇，或是情緒激動地毆打駕駛艙內壁了。戰鬥仍在繼續當中。

無論如何，都得讓失去部隊長的裝甲步兵部隊……至少要讓剩下的成員生還。

「二號機、三號機，隨我來！步兵部隊，跟上我們！……該死。」

駕駛員關掉耳麥，唾棄般地說。

他瞪著眼前重戰車型後方那一片仍然昏暗的天空。

還沒到嗎，你們這些八六(小鬼)……！

†

聯邦軍的猛攻透過解除封鎖的無線電，也傳到了「尼塔特」機內。

仍處於實驗階段的同步裝置，由於量產線沒能準備好，目前依然只有極光戰隊擁有這種配備。辛在待機狀態的「破壞神」當中，聽著這段被阻電擾亂型在整條戰線展開電磁干擾，造成大量雜訊的無線通訊內容。

第二二五機甲大隊到達津克統制線，將固守壓制範圍直到友軍抵達。第四一七步兵中隊，第一三九救護小隊正前往那邊，請準備將傷兵送往後方。這裡是第三二一機甲大隊，大隊指揮官於作戰中陣亡（KIA），今後由副長指揮作戰。第七七五步兵中隊呼叫第八二八砲兵陣地，請立刻進行砲火支援，對，無所謂，就砸在我們頭上。

通訊聲音在戰場喧囂與狂奔中，全是以怒吼的形式往來。通訊另一頭傳來不絕於耳的慘叫、怒罵聲與尖叫，而響起的吶喊高吼又蓋過這一切。

那是與癲狂只有一線之隔的勇猛，是不顧一切的必死決心。

萊登輕聲低語：

『——聯邦都不會退兵耶。』

受到大軍壓境的「軍團」削弱、削弱、削弱再削弱，即使如此，聯邦軍仍一步也不後退。豈止如此，他們還將機甲部隊當成楔子打入自動機械奔流的狹縫中，也不顧前頭部隊遭到碾碎，後續部隊繼續推進，為了撬開縫隙而嘗試前進。

他們不後退，好像只要退後一步就會失去某些事物，再怎麼受到強行推擠都不後退。

事實上一旦退後，的確會失去某些事物。現在的戰線如果後退，容許電磁加速砲型入侵那個位置，他們的背後……他們要守護的事物，將會即刻暴露在電磁加速砲的業火之下。

所以他們不會退後，一步也不會，就算他們的身軀將遭到砲火炸飛。

那是包括辛在內，八六所有人都不曾知曉，不曾見識過的戰鬥。

在共和國第八十六區，沒有過這樣的戰鬥。

因為對八六而言，共和國不是祖國，而奉共和國為祖國的白系種們從不肯上戰場。

「要守護……是嗎？」

守護家人，守護故鄉，守護同胞，守護國家理念。

守護這些的根源——自己應該安身的，人生的歸宿。

辛彷彿聽見了某一天，已經不在人世的白銀種少年的聲音。

——我想帶我妹妹去看看大海。

他抱著這樣的心願而戰……即使有著這份心願，仍然喪命了。

——既然這樣，你又為何……

辛無法回答這個問題，是因為……

沒有戰鬥的理由——沒有可以守護的事物，就代表……

通訊內容又在互相往來了。

某部隊在某個要地陷入孤立，四面楚歌遭受攻擊，聲音透過無線電播放出來。

死守。要死守。再撐一下就好，等到……

等那些討厭鬼八六擊毀「軍團」們的最終武器……

就是我們贏了。

不知是誰發出情緒有點亢奮的一絲笑聲，落在知覺同步的通訊內容中。

『就等我們擊毀電磁加速砲型啊。這樣啊，既然如此……』

『那我們可得回應大家的期待了……是這個意思吧？既然他們都這麼拚了，哎，我們當然也得盡點力嘍。』

聽到同伴們愉快地你一言，我一語——辛卻無法回應。

因為他感知到前進方向上展開的「軍團」部隊，有了新的動靜。

「——中校。」

『嗯，我現在捕捉到了……來擋我們的路了。』

「可以閃避嗎？」

『有困難喔，因為這孩子不擅長轉向。』

翼地效應機基於貼地飛行的特性，無法傾斜機體調轉方向。只用方向舵轉向不是不行，只是太花時間了。

葛蕾蒂一邊說，一邊似乎拉動了操縱桿。升降舵(Elevator)移動，「尼塔特」抬高了機頭。翼地效應機雖然調整成最適合緊貼地面飛行，但並非不能提升高度。飛機犧牲速度逐漸爬升，轉瞬間就到達了可稱為空中的高度。

到達遭到反空砲兵型與阻電擾亂型阻擋，人類喪失的天空。到達可能被雷達或對空砲火捕捉到的危險高空。

「妳這是……」

『就算在這邊放你們下去，還是要跟跑來擋路的那些傢伙交戰。這樣的話，特地拿這孩子來用就沒意義了。』

警報聲在同步的另一頭響起，是鎖定警報。那是偵測出反空砲兵型在砲擊前發射的雷射瞄準器所發出的警報。

同時，後部機艙門發出沉重的轟隆聲慢慢開啟。

『為以防萬一而請研究班的各位準備，看來果然是正確的。抱歉，只是個趕工做出來的東西，但應該可以啟動。』

處理終端們突然發現，「女武神」並非固定在機艙空間的地板上，而是鋪在構造莫名堅固的棧板上。他們也發現棧板下有著質樸的金屬導軌，直線延伸到機艙門。

『喔，不用擔心我。我不會丟臉到被擊墜，也為此帶了備用機過來……之前不是說過嗎？我以前也是個駕駛員。可不是只有你們八六對慢吞吞的「破壞之杖」不滿意喲。』

相較於處理終端有十五人，裝載的「女武神」卻有十六架。在機艙空間的最深處，只有一架機體直接固定在地板上，無駕駛員。

「……中校，路線上的敵機有兩個中隊規模，恐怕是以戰車型為主體的機甲中隊。既然是聲東擊西就沒必要交戰，接觸敵人後請躲進森林裡。」

「哎呀，謝謝你喔，不過……別小看我了，小鬼。」

辛不由得吃了一驚，閉上嘴巴。葛蕾蒂笑出聲音來。

不知為何，笑聲中帶點懷念。

「那麼各位，改天見了——祝你們一路順風（Godspeed）！」

以祈求一帆風順的老舊祝福語做結，知覺同步切斷了。同時，導軌鎖應聲解除。

迸散出金屬互相摩擦的尖銳聲響與火花，十五架「女武神」與菲多順著軌道滑落。眾人轉瞬間被拋到空中，躍入旭日初升的天空。

「女武神」身為陸戰兵器，當然不具備擺脫重力的功能。在仰望著天空墜落的視界中，「尼塔特」的黑影以金色天空為背景傾斜轉向，對空機砲的砲火線擦過它的邊緣掃蕩天際，還能看見暗沉銀光閃爍的都市遠景。

高樓大廈群越往市區中心高度越高，高架橋於它們的狹縫間縱橫穿梭。在比它們更遠的地方，反覆響起的嗟怨之聲，吸引了辛的注意。

——就是那個嗎？

緊接著，設置於棧板上的降落傘打開，機體急遽減速。

機體受到來自背後的加速度撞擊，被四點式安全帶拉回，才剛一抬起頭，下個瞬間，空投棧板著地。

雖說提升高度使得「尼塔特」本身有所減速，再加上降落傘的減速而減緩了不少力道，但以這種速度強硬降落仍稱不上安全。即使有棧板內部的緩衝物質做緩和，驚人震動仍然搖撼著機體，就連習慣了「女武神」高機動性的處理終端，都只能盡量承受衝擊力道以免咬到舌頭。

空投棧板把青翠平原挖出幾道烏黑溝痕，停止下來。

安全鎖自動解除，十五架「女武神」有些蹣跚地踏上「軍團」的支配區域。似乎連人工智慧都被弄得頭暈，菲多光學感應器的焦點有點向後，搖搖晃晃地下了棧板。

辛搖搖難免暈眩的頭，抬起臉往前一看——只見將無人平原切割成歪扭形狀的森林另一頭，噴射燃料起火的黑煙裊裊升起，隔了一拍之後，一陣猛烈的火勢才轟然沖天而起。

†

「唔！『尼塔特』失聯（Lost）！『尼塔特』的訊號消失了！」

一〇二八試驗隊管制人員慘叫般的報告，即刻收到聯合司令部做確認的回覆。是由西方方面軍參謀長親自追問。

『極光戰隊的現況是？』

「失聯前進行空降，全機安然無恙，已進入目標外圍五公里處……但是……」

管制官一邊報告，一邊咬住嘴唇。「女武神」移動速度很快，雖然已趁「尼塔特」將「軍團」

們引開時，進入了克羅伊茨貝克市外圍，但是……

「剛才諾贊中尉送來了遇敵報告——戰隊目前正與電磁加速砲型的防空護衛『軍團』部隊交戰！」

†

四門一五五毫米戰車砲與七六毫米同軸副砲，以及八挺一四毫米旋轉機槍編織出濃密的彈幕，掃蕩了街道。

一衝進市區就有一個重戰車型小隊嚴陣以待，讓辛瞇起了眼。對「軍團」而言，電磁加速砲型是反聯邦、反人類的最終戰略兵器。雖說敵軍會嚴加保護實屬理所當然，但真難對付。

儘管比起共和國的那種鋁製棺材好多了，但「女武神」的裝甲仍擋不了一五五毫米戰車砲彈不合理的破壞力。重戰車型的砲塔四處旋轉，追趕著散開躲避的白銀機影。填彈交給高性能自動裝填裝置去處理，速射砲級的發射循環持續迎擊「破壞神」。

牆壁被打穿，柱子被挖斷，大樓就像被直線彈痕砍斷般倒塌。在坍塌的瓦礫對面，班諾德指揮的小隊正在嘗試繞道接近時，共有八門砲口朝向他們。

「送葬者」在它們的背後著地。

高周波刀同時高舉劈下，斬裂了重戰車型的後部裝甲，又順勢砍向緊鄰的第二輛重戰車型，並擊出砲擊。慢了一拍之後，「笑面狐」自倒塌的大樓上跳下來，表現出翻筋斗同時二連射的特技般的砲擊，擊破了剩餘的兩輛重戰車型。

『——辛！下一批要來了！』

不用說他也知道。

「送葬者」與「笑面狐」分別往左右跳開閃避，機槍子彈擦過兩架機體前一刻的所在位置。聯邦軍連步兵都會用裝甲護身，在與他們戰鬥時，區區七．六二毫米泛用機槍的效果不彰。那些斥候型捨棄兩門泛用機槍，換上反輕裝甲用的十四毫米重機槍展開突擊。

下個瞬間，在兩架機體跳開空出的槍線上，後援部隊的「破壞神」全機用機槍掃射痛擊敵人。「笑面狐」從頹然倒下的重戰車型隙縫間出現，「雪女」自瓦礫遮蔽處現身，「神槍」則是射出鋼索爬上大廈壁面，各自讓格鬥手臂的重機槍發出咆哮。面對集中的火線，裝甲薄弱的斥候型立刻遭到撕裂而倒下，由「送葬者」帶領極光戰隊穿越它們之間的縫隙再次前進。

戰鬥中於後方候命的菲多與眾人會合，沒過多久，班諾德與他的小隊回到隊伍來。

「你沒事吧，軍曹？」

『這是我要說的，剛才那種胡搞瞎搞的機動動作是怎樣？……是啦，我這邊沒有任何損害，中尉閣下。敵人防線鋪得這麼緊密，看來就算有你的順風耳，也無法不交戰就通過這裡了。』

就算辛能掌握「軍團」的位置與動向，既然要正面衝進嚴陣以待的軍勢，戰鬥是在所難免。

連接鄰近國家的幹道與鐵路網集聚此地——舊克羅伊茨貝克市如同外國的入關大門，以舊帝國的都市而言，都市設計罕見地重視景觀。玻璃與金屬打造的摩天樓四處林立，如有機體般複雜交纏的無數高架橋，營造出某種近未來的光景。

其中的所有位置，都有「軍團」潛藏。

踏碎玻璃牆大樓的壁面，近距獵兵型排山倒海地衝下來。戰車型在高速公路的高架橋上飛馳。斥候型高靈敏度的感應器發出暗沉光輝，在大樓形成的山谷間匍匐前進。長距離砲兵型的反裝甲榴彈飛越高樓大廈來襲。十五架「破壞神」鑽過它們之間的空隙，在廢墟都市中高速奔馳。

辛追著芙蕾德利嘉的騎士的悲嘆，穿梭於「軍團」們布署留下的隙縫，以最短距離趕往潛藏於都市中央——據說是舊高速鐵路終點站的所在地。

『——我要殺了你們。』

趕向早已聽慣的，亡靈的悲嘆——漫無目標而空虛的殺意。

『我要殺了你們。』

辛繼續靠近。電磁加速砲型的悲嘆宛如雷霆或戰車砲的咆哮，帶著近似衝擊波的強烈力道竄過身體。震得五臟六腑發麻，教人膽寒的淒厲吼叫，讓辛不知不覺間咬緊了牙關。

就像這樣……

像這樣胡亂散播殺意，或許比較輕鬆吧。

只要墮落成為純粹的戰鬥機械，只要讓鬥爭的狂熱與冷血吞沒自己，就不需要再思考任何問題。

不用意識到不再有任何事物能維持自己的形體。

也許哥哥當時也是如此。

無意間，一個疑問像顆堅硬的石子，在胸中彈跳了一下。

假如自己沒能抵達哥哥面前就死了呢？假如在那第八十六區的最後戰場，自己連兩敗俱傷都辦不到而獨自喪命呢？假如自己的屍體毀壞到連頭顱都拿不走呢？失去目的的哥哥，會像眼前這個亡靈一樣，墮落為對整個世界散播詛咒與殺意的怪物嗎？

若是在成功誅滅之前，自己先失去哥哥的話……失去哥哥這個目的——自己會變成怎樣？

『我要殺了你們所有人……！』

大廈群的稜線中斷了。眾人來到一處天空張開大口般的開闊場所。

一瞬間，八六與傭兵們——理應已經習慣戰事的所有人都被那氣勢嚇倒，呆若木雞。

『……天啊。』

『要將那麼……巨大的……？』

那是一處圓環，水泥地與等間隔排列的金屬街燈顯得冷冷冰冰。雖然已是日出時刻，但天空在阻電擾亂型的遮蔽下一片昏暗，染成了頹喪的銀色。在這片穹蒼下……

「那個」讓既長且大的軀體傲然地橫躺在地。

在玻璃繭般的圓頂狀車站建築中，它蟠踞於毛玻璃的內側。超乎常規的龐大身軀，就好像整棟大樓橫著倒下一樣。大到可把一小間民房整幢吞進肚子的本體，揹著口徑能塞下一整個人的巨砲，此時與地面呈水平狀態。

簡直就像啟示錄裡的七頭之龍，看著它，會令人的遠近感失常。

它只是待在那裡——就給人一種快被壓爛的威迫感。

兒時有過，而後來遺忘了的感覺重回腦海。

在被送往強制收容所之前，辛在某間博物館看過一幕光景。

原生海獸（鯨魚）成體的骨骼標本，掛在本身就夠寬廣的大廳整個天花板底下。

由於實在太過巨大，那看在年幼的辛眼裡，實在不像是生物的骨頭。他完全無法想像這龐然大物活著游動的模樣。

巨大到讓人不敢置信會存在於同個空間，名符其實地不同規模。

人們只能屏氣凝神，抬頭仰望——這是對壓倒性存在的畏懼。

為了擺脫這種感覺，辛開口說：

「——一〇二八管制室，我們在克羅伊茨貝克市高速鐵路終點站上確認到目標。準備開始交戰。」

『世界樹總部收到……聯合王國的偵察機也已抵達附近。看來果然是列車砲啊，竟然會這麼大……！』

『……中尉！』

班諾德帶有緊張感的聲音岔了進來。

THE CAUTION DRONES

［「軍團」高威脅性戰力］

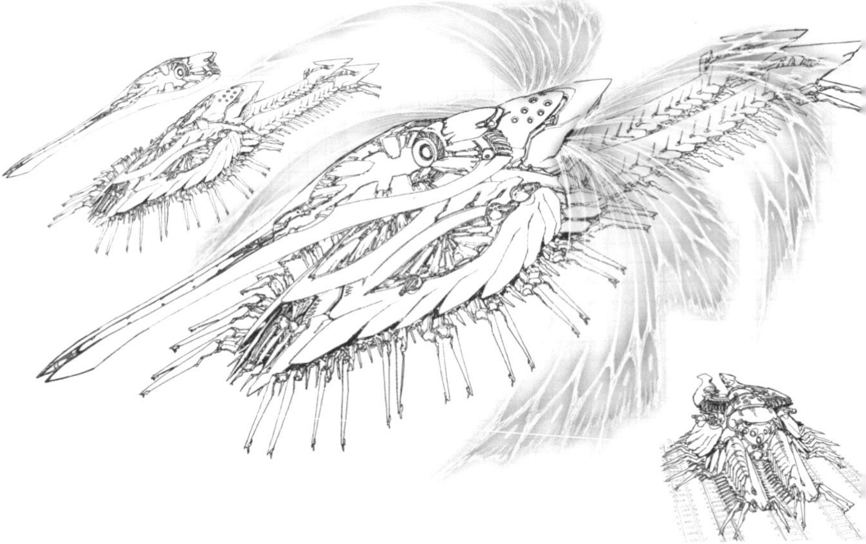

[Morpho]

電磁加速砲型

[ARMAMENT]
800mm電磁加速砲
40mm對空、對地電磁火神砲×6

[SPEC]
[全長] 40.2m　[總高度] 11.4m
[滿載重量] 1400t
[巡航速度] 200km/h（於舊跨國高速鐵路上移動）
[主砲最大射程] 400km

[備考]　本機體吸收了帝國遺孤芙蕾德利嘉的近衛騎士「齊利亞．諾贊」的腦部組織。

名稱取自「蝴蝶」。本機體為可進行超長距離攻擊的電磁加速砲，對聯邦等鄰近國家形成重大威脅。由於特別加強砲擊戰能力，不擅應付飛彈等爆炸物或是陸上兵力的近身戰，然而前者可用豐富的對空火力抵禦，後者則讓重戰車型等強而有力的直屬部隊擔任護衛，藉此補其不足。此外，為了運用需消耗龐大能源的電磁加速砲，本機體比其他「軍團」要來得更加巨大，在機動性上有所缺陷，不過它採取「列車砲」的形式，利用舊跨國高速鐵路進行移動，藉此轉移陣地。

在可能是新鋪設的四線鐵路的軌道上，毛玻璃巨蛋的內側，可見光學感應器亮起了幽藍鬼火。

它發出遠遠傳到幾百公尺外這裡的擠壓聲，背部既長且大的火砲開始旋轉。內部構造運轉的低吼轟然響徹銀色天空。

『這麼快就起動了……？修復完成了嗎……！』

『雖說「軍團」總是打破我們的常識，但每次都太沒道理了……！』

……不對。

在電磁加速砲型的胴體下方，無數疑似腿部的部位摺疊起來，動也不動。看來它暫時不管作為列車砲的機動性，優先恢復了砲擊能力……

忽然間，一種不協調感掠過腦海。

在進行修理時……

有可能把支撐整個身體的腿部擺一邊，先換裝本身重量已夠沉重的火砲嗎？

周圍「軍團」的無數悲嘆之聲，突如其來地，像退潮般遠去。

還來不及懷疑為什麼，他立刻得到了答案。順著望向自己的視線看去，電磁加速砲型直勾勾地俯視著他……

聲音……

就辛的感覺來說，身為「軍團」的指揮官，「牧羊人」聲音無遠弗屆，即使在群體中依然特別清晰。

壓過散布在都市中的「軍團」暴風般的慟哭，電磁加速砲型響徹四方的嗟怨厲吼……消失了。

同時，在遙遠的彼方，爆發了同樣的淒厲吼叫。那是對全體人類、整個世界的殺意咆哮。是與辛雖然血脈相連，但連生前長相都一無所知的騎士，不分對象的嘶吼。

知覺同步增加了一個對象。

不該在場的少女拚命發出的尖叫，透過同步聽覺刺進耳朵深處。

『——退下，辛耶！』

是應該被他留在基地的芙蕾德利嘉。

『汝現在看到的那個，已經不是齊利了！』

理解與戰慄同時竄過了背脊。

上當了。

辛像被電到一般，視線猛地轉向另一邊。

凍結的黑瞳睜開，慢慢抬起，繼而定睛注視他們。

追隨著視線，放大主螢幕上的一個點，就在大樓林立形成的細窄縫隙中。

朦朧浮現於地平線的巨大鐵塔上，一道既長且大的身影壓在上頭。

鐵塔承受不住重量而從中折斷，在它的上面，那個東西彷彿遙遠極東神話中的巨蛇般抬起頭來，揹在背上的巨砲砲口筆直朝向這邊——

「全體人員！立刻躲避——……」

砲口閃起火焰——正確來說是看似如此，其實是電弧的強光。

從低伸彈道擊出的電磁加速砲砲擊，名符其實地炸掉了都市一角。

†

『蒼白騎士呼叫無面者。規定的砲擊流程已完成。』

在經過傳送的新身體內部深處，齊利亞向總指揮官機送出報告。

『已成功引誘呼號「火眼」的特異敵性個體，據推測應已擊毀。』

它們「牧羊人」早在多年以前，就已經掌握到有個特異敵性個體，能夠異常精確地發現奇襲，看穿進擊路線，並明確揪出指揮官機。

最早是在共和國東部戰線，大約在這一年，則是在超出它們支配區域的聯邦西部戰線。

它們未能同時確認到複數個體，換言之那不是可以量產、傳承的技術或知識。很可能只是該敵性個體特有的天賦或異能。

那個敵性個體威脅度極高，必須最優先排除。

所幸齊利亞曾兩度偵測到疑似該敵性個體搭乘的機體，以及對方的戰鬥。雖然稱不上充分，但獲得了可供分析的資料。

當然——也包括他的弱點。

『分析結果正確——火眼無法感應休眠狀態的備用機。』

看那敵性個體的行動，就知道他相當執著於某個特定的重戰車型。

但是對於用同一名死者做成的另一架機體，在起動之前卻沒做出半點反應。

那架機體就是——從遭到破壞的重戰車型將腦組織傳送過去前，還在休眠狀態的「牧羊人」備用機。

總指揮官機傳回指令：

『無面者呼叫蒼白騎士。必須確認已擊毀火眼。』

齊利亞心裡真想用鼻子哼一聲。

的確，這幾個月來，那傢伙弄得它們很頭痛。

真要說起來，依照廣域網路中樞的判斷，以前次大規模攻勢為開端的一連串殲滅作戰，應該約莫七天即可結束。齊利亞還記得當時自己覺得這簡直是在嘲諷創世記。

結果計畫卻被推翻了。

對聯邦西部戰線發動的攻勢本來應該是無懈可擊的奇襲，卻遭到敵軍看穿，動員三國軍力將它們頂了回來。齊利亞攻陷鐵幕，原本打算順勢攻打共和國，卻被緊急投入反聯邦戰線，還遭受到巡航飛彈的反擊而嚴重損毀。由於擔心位置遭敵人看穿，不能將意識傳送到這架事前準備好的備用機，只好花上將近一個月的時間被拖過來。

這全都是因為聯邦的前線上，有那個能看穿它們動靜的異能敵性個體。

『蒼白騎士呼叫無面者。本機認為沒有必要，已確實擊破火眼。』

『————無面者收到。請迅速脫離射擊位置，返回負責區域。』

『收到。』

無意間，其目光停留在腳下的鐵塔。

這重達一千噸以上的體重，使得本該相當堅固的鐵塔從底端附近斷裂，彷彿被暴風連根拔起的大樹那樣，曝屍於大地之上。

——齊利。

感覺已離自己遙不可及的，幼主的聲音驀然重回腦海。

那是如今連那相貌都無法憶起，他最後的、唯一的主人。

她曾跑來跟自己哭著說手帕勾在中庭的樹上，吵著要看樹梢上的鳥巢，趁著侍女們不注意爬上樹，卻因為禮服裙襬纏住樹枝而下不來；每次有這些情況，都是齊利負責爬樹幫她。

這些事情，齊利再也不能為她做了。

靠這具機械身軀辦不到。

在這沒有她的世界辦不到。

快點回去吧，它想。它背對了許久沒踏進的，逗留過的往昔祖國。

快點。快將這種世界燒成灰燼吧。

†

「唔——」

一瞬間說不出話來。

「於克羅伊茨貝克市終點站周邊確認著彈，推測為電磁加速砲型的砲擊——」

近乎怒吼的嘈雜聲支配著指揮中心。

「這怎麼可能！」

「修理應該還沒完成才對啊！為什麼能夠射擊！」

「……不對。」

忽然間，參謀長低語了一聲，所有人的視線都集中在他身上。

參謀長手指抵著尖下巴，定睛注視滿是警告訊息的主螢幕，一邊沉思一邊說：

「如果不是修理，而是換裝的話……假若對方從一開始就準備了備用機體，那麼大的體型，與其把損壞的零件全部換掉，不如將完好如初的中樞部分移到備用機裡比較快。」

但前提是，要將製作兩門電磁加速砲與兩輛列車砲的鉅額成本置之度外。

不過「軍團」不是人類，在面對打倒敵人這個最高命令時，這些問題對他們而言或許只是枝微末節。

「一群臭鐵罐，竟敢這樣胡鬧……！」

「極光戰隊的現況呢？」

「不明，深入敵境的聯合王國觀測機，似乎也受到剛才的砲擊而全數遭到破壞了。」

原本夾雜著雜訊，一邊停格一邊傳送來的克羅伊茨貝克市周邊觀測情報，一個個失去訊號。

「那使用巡航飛彈——」

「沒用的。」

聽到恩斯特淡定地說，所有人的視線便集中過去。

「你們想拿巡航飛彈射哪裡？——剛才電磁加速砲型是從哪裡開火的？」

將官們明白了問題的含意，表情變得僵硬。

前進基地遭到攻擊時，有周邊的反火砲預警雷達捕捉砲彈彈道，才能逆向推算出發射位置。

然而我軍此時是在敵境的正中央遭受砲擊，哪來的預警雷達？

就算想反擊，也不知道敵人的位置。

「不……不過閣下，對手是列車砲！只要破壞鐵軌，至少可防止它移動——」

「就算是這樣，它還是能狙擊西部戰線的大多數前線基地吧？況且區區幾條鐵軌，對方馬上就修好了，如此一來只是浪費飛彈而已。」

「可是極光戰隊既然已經失敗，我們沒有其他辦法了！如今西部戰線全境暴露在砲火之下，能走一步是一步——……！」

「撐得過一時，撐不過一世吧。要再派別的部隊衝進去嗎？但這次可是連開路歸隊的手段都沒有喔。」

「……！」

他們有命人準備僅有的巡航飛彈。

這除了是突擊作戰失敗時的次善之策，當聯邦軍本隊沒能到達克羅伊茨貝克市時，也能用這招為他們開拓歸隊的道路。

就算不能去接他們，好歹可以盡量減少歸途中的「軍團」。至少命令那些少年兵去送死後——不用叫他們不要回來。

恩斯特環顧指揮中心，冷冷嗤笑。

「為了自保而把部下扔進敵陣，對他們見死不救，後續的作戰計畫也作廢，這種以一個人類來說丟臉難看至極的行為，你們以為我——我這個聯邦臨時大總統兼聯邦軍總司令會准嗎？那不是聯邦該有的理想。如果連這點理念都遵守不了，乾脆就這樣滅亡算了。」

指揮中心變得鴉雀無聲。

大總統所言的確正確，完全是人類該遵循的倫理，是該有的正義。

但是，要貫徹這些理念……

能夠直接付諸實行的人……

火龍高坐司令席，發出嗤笑。

這些理想與正義不過是以道德命題的動聽的場面話，這頭怪物卻將此奉為圭臬，為此不惜自我矛盾地踐踏人命，賣弄著內心的癲狂發出嗤笑。

「長年選擇我這種人當大總統，是你們的責任。如果除了悖離人道的手段之外別無他法，那你們……就犧牲性命來成全我的理想吧。」

內部通話系統這時響起呼叫音。

代替像吞了根木棍般全身僵硬，一時無法反應的通訊人員，參謀長接起通話。

「……看來沒這個必要了——一〇二八管制室傳來報告，極光戰隊全機安然無恙，正要繼續排除電磁加速砲型。」

†

警告勉強趕上了。

另一點幸運的是他們人在市鎮中心，有著許多結構比較堅固的高樓大廈，對「破壞神」而言成了盾牌。

即使如此「送葬者」仍被衝擊波撞得翻倒，辛在裡面搖了搖暈眩的頭，讓機體站起來。大樓倒塌，路面鋪裝整塊掀飛，在奪走視野的水泥白灰之間，可隱約看見都市廢墟變得遍地瓦礫。遭到砲火集中轟炸的舊高速鐵路終點站，名符其實地消失得無影無蹤。在深入地底的巨大撞擊坑一隅，被撕裂、扭轉得慘不忍睹的鋼鐵色殘骸，淌著流體奈米機械的銀色血液倒在地上。

是誘餌啊……

「軍團」不是愚笨的木偶傀儡。

它們具有高度自我學習能力，會配合人類的戰術或兵器反覆進行自我改良。

更別說「牧羊人」吸收了尚未劣化的戰死者腦部構造，具有與人類同等的智能與生前知識。

如果是它的話……

即使如此，辛還是第一次被敵人這樣反向利用聽取亡靈之聲的異能。

辛望著在遙遠的鐵塔上，結束了砲擊依舊傲然睥睨己方的巨大身影，瞇細了眼睛。

『那隻死蜈蚣是怎樣……！』

『真要說的話，應該比較像蚰蜒吧。腳那麼長，又窸窸窣窣的動來動去。』

『像哪種都沒差啦……噁心死了。』

的確，那個是有點像那種肉食性的節肢動物。

既長且大的身軀呈現闇夜之色。節肢狀的無數腿部此時折疊著。口徑八〇〇毫米這種超乎常理的砲彈，有長管砲身可提供它秒速高達八〇〇〇公尺的初速。令人毛骨悚然的冰冷感覺，與不含知能跟意志，受到本能驅使殺戮獵物的昆蟲有其共通之處。那是屬於重砲的冷酷無情，明明不用看到任何人死，在所有兵種中卻散播著最多死亡。

然而在那受到銀色封鎖的天空，黯淡無光的朝陽下，讓闇色巨軀傲然聳立，幽藍單眼朦朧發光的超現實威儀——仍讓人聯想到神話當中，向神挑戰的惡龍。

幽藍的光學感應器慢慢環顧廢墟，似乎尚未察覺到他們躲在瓦礫與大樓的遮蔽處。它毫不懷疑自己擊毀了敵機，只是在確認自己帶來的破壞痕跡，動作顯得有點不可一世。

「——各位戰隊成員。」

十五名戰隊成員全以知覺同步相連，雖然似乎有幾架機體被四處撒放的碎片或衝擊波弄傷，但無人死亡。也沒有任何人無法再戰。

「變更目標，方位二八〇，距離五〇〇〇，彈種成形裝藥彈（HEAT）——射擊。」

同時，在廢棄都市打出的撞擊坑周邊，從如同破裂帶刺的岩盤般傾倒的大樓狹縫間，砲火線集中於電磁加速砲型身上。

由於不會受到反擊，射擊後違反移動式火砲的常規，宛如穩坐王位般倚著鐵塔不動的巨龍，遭受八八毫米砲彈的轟炸。

比起高速穿甲彈（APFSDS），彈速較慢——話雖如此，還是達到音速數倍的——成形裝藥彈，從五公里外射擊時，要花上幾秒才會著彈。只見電磁加速砲型的背部有某種東西發亮了，說時遲那時快，近戰防禦裝備的機砲砲彈彈幕發出咆哮，把八八毫米成形裝藥彈一個不剩地統統打落。安琪錯開時間射出的飛彈子炸彈灑落於其頭頂上，電磁加速砲型平靜自若，任由這些反輕裝甲炸彈在自己的裝甲上炸開。

沒有一發砲彈看似能穿透裝甲……比想像中還硬。

辛冷酷地定睛注視戰況，扣下了扳機。

他用戰隊其他所有機體的砲擊做偽裝，接近廢棄都市的外圍地帶。貫穿成形裝藥彈與反裝甲榴彈形成的煙幕，高速穿甲彈撕裂天空，於電磁加速砲型的砲塔基座附近著彈。爆炸火焰想必讓所有感應器失靈了一瞬間，巨龍顯露出些許畏縮。

「……看來還太淺。」

即使如此，還是沒能打穿。高速穿甲彈的大半破壞力依據於彈速，跟目標距離越近，威力就越高。辛是預測到這點才接近敵人的，然而這樣的距離似乎還不夠近。

接下來就沒有遮擋槍線的掩體了，辛思索著該如何縮短距離，血紅眼瞳更增銳利。

……！

†

才以為撐過了倖存小飛蟲們的玩具子彈，忽然來了一陣衝擊，使得齊利亞大吃一驚。一回頭，只見光學感應器映照出意外接近的純白機影。

四腳的機體身影，好似四處爬行尋找失落首級的白骨骷髏。八八毫米砲揹在背上，還有左右一對格鬥手臂的高周波刀。即使疾馳機甲的機種改變了，齊利亞也能一眼認出他來，那種近身白刃裝備在火砲至上的現代戰爭中，讓人懷疑駕駛者是否精神異常。

那人呼號「火眼」——是能夠看穿他們「軍團」所有動靜的異能敵性個體。

看到那個識別標誌，齊利亞倒抽一口氣。

扛著鐵鏟的無頭骷髏。

無頭的骷髏騎士，是諾贊家祖先的紋章。

以那段逸聞為題材的繪本……昔日的當家，曾經贈送給在共和國出生的孫子。

不會吧。

他是……

倏然間。

心中湧起的，是至今不曾感受過的陰毒愉悅。

你還活著啊——不對。

變成這副德性，還在苟延殘喘啊？

總指揮官機傳來通訊。

『無面者呼叫蒼白騎士。將敵方部隊交由防空護衛應付，請立刻撤退。』

齊利亞被潑了桶冷水，大感掃興。說這什麼話？

『蒼白騎士呼叫無面者。無法接受該項命令，本機要在這裡擊毀敵性個體。』

『無面者呼叫蒼白騎士。重複一遍，將敵方部隊交由防空護衛應付，請立刻從目前戰鬥區域撤退。不允許於目前區域繼續交戰。』

這傢伙……！

與齊利亞懷抱的煩躁正好相反，牴觸禁規的警告在流體奈米機械的腦中閃爍。灌輸腦內的程式嚴重禁止它繼續反駁。即使是擁有戰死者人格與意志的「牧羊人」，也無法違背高階指揮官的命令。

『目前的相對距離對於以戰車砲為主武裝的敵性機甲有利，而且以蒼白騎士的裝備很可能殺死火眼。基於以上原因，不允許蒼白騎士於目前區域繼續交戰。』

『——』

『要求歸返負責區域，實施該戰鬥區域的掃蕩行動。』

『————收到。』

作為「軍團」的本能，不允許它做出其他回答。

然而……以燒燬世界的餘興節目來說，這樣說不定剛好。

齊利亞從瓦礫的隙縫間，瞥了一眼未曾謀面的同胞的機體。

看看那失去祖國，家人遭到祖國剝奪，卻還苟延殘喘的難看模樣。

明明就一樣。

明明跟我一樣，除了戰場之外無處安身。

我要讓你認清現實。

齊利亞彎曲身體，跳下鐵塔。鐵軌被超大重量跳到身上，發出擠壓聲。

它瞥了一眼不知其名，連長相都不知道，生前無緣相見的同胞。

來追我吧。

無論是你率領的同伴，作為歸宿的土地，還是讓你還能保持人性的事物……

都要在你眼前燒個精光。

陷入更孤獨的境地吧。

†

對方瞥了自己一眼。

辛戰意昂揚而變得更敏銳的意識，感覺出其中含藏的譏笑。

——來追我吧。

視線調離，電磁加速砲型的無數節肢如波濤起伏，令人渾身發毛地蠢動。比起「軍團」特有的加速與那龐大身軀，對手發出幾乎可說無聲的足音，超大重量一躍而出。

金屬腳尖咬住八條鐵軌的怪聲音像大雨傾盆而下，眼看著它越跑越遠，轉瞬間到達鷹隼追逐獵物的速度。那種速度領域就連戰車型或重戰車型都望塵莫及，風馳電掣有如早年的高速鐵路，不祥的身影滑行般離開了廢墟都市。

——別想逃。

辛立即瞇細眼睛，正要推動操縱桿的瞬間……

『——辛！』

萊登的聲音飛了進來，辛猛一回神，彷彿被拉回現實。

不知不覺間消失的聲音都回來了。「軍團」們的悲嘆，「破壞神」的動力系統與驅動器發出的低吼，戰隊員之間運用知覺同步互通訊息的指示與報告，以及熟悉的戰場喧囂，都回來了。

配合電磁加速砲型的砲擊，暫時撤退的「軍團」防空護衛部隊都在此時回到戰場。接著可以聽見附近一帶的「軍團」們開始行動，往這邊過來的聲音。

辛這才終於發現，再不做出應對就要被包圍了。

『怎麼辦，要追嗎？』

軍方賦予極光戰隊的作戰目標，是擊毀駐屯於克羅伊茨貝克市的電磁加速砲型。無論戰隊或是西方方面軍本隊，都沒預料到需要往更深處行軍，也沒有準備，但是……

「……嗯，就這樣繼續追擊。」

『什……！你是認真的嗎！』

萊登以沉默表示了解，取而代之——這是負責輔佐年輕軍官的戰隊最上級軍曹應盡的義務——班諾德插嘴說道，辛對他淡定地點頭。

「作戰目標是擊毀電磁加速砲型，不是壓制這座城市。」

對方沉默了一瞬間。

順便還聽見班諾德一拳捶在操縱台上的鈍重聲音，透過知覺同步傳進耳裡。

『啊啊，真該死！只要所有人湊在一塊，明明可以設法撐到本隊抵達的！又不是你們出生的故鄉，你們八六怎麼能為了這個國家這麼拚命啊！』

並不是。

不是為了這個國家，也不是為了這個國家的軍隊。

他們之所以戰鬥，純粹……只為了自己。

『真是夠了，我被分派當你的屬下果然是倒大楣！真是抽到籤王——小子們，全機掉頭！』

班諾德一聲令下，傭兵們駕駛的十架機體踩下煞車轉向。所走的路線，將會正面迎向亡靈們進逼而來的悲嘆之聲。

『你們高興了吧，這是你們最愛的地獄！』

即使是同樣以戰場為故鄉的他們八六，也難以理解選擇這種措辭的品味。大概一半以上是自暴自棄吧，他們高聲吶喊，逐漸消失在高層建築的另一頭。

剩下班諾德機，只讓光學感應器轉過頭來。

『這裡有我們撐著，你們去吧！雖然氣人，但即使是我們也追不上你們八六的機動速度。』

雖說班諾德跟八六一樣，十五歲左右就成了職業戰鬥人員，而且以戰歷而論，他比八六們多出了十年以上，但傭兵們長久以來駕駛的，是重裝甲的「破壞之杖」。八六慣於濫用超輕量機甲進行超越機體極限的機動戰，傭兵們的經驗與直覺趕不上他們的戰鬥方式。

『我可不想變成小鬼們的累贅——祝武運昌隆。』

第八章　穿越戰場

『——首先，我來說明這邊的情況。』

隔了七小時後連上的知覺同步對象，是未曾聽過的男性聲音。

『三國軍隊聯合進行的幹道走廊奪取作戰，姑且算是完成了。到完全壓制還需要一些時間，聯合王國軍的進度稍稍落後，但好吧，還在容許範圍內。』

在潛伏避開斥候型搜索的「送葬者」駕駛艙內，辛漫不經心地聽著，回都不回一聲。雖然極近距離內沒有巡邏部隊，不至於連駕駛艙內的聲音都會被感應到，但也沒有遠到可以分心。

可能是明白狀況使然，自稱西方方面軍參謀長的這個人，並未責怪小小尉官的無禮，繼續說下去：

『本作戰的第二目標可說已經達成——不過關於第一目標，也就是擊毀電磁加速砲型，很遺憾地尚未完成。喔，沒想到會有第二架機體，是參謀本部的過失，不是你們現場人員的責任，不用介意。』

同伴們沒參加對話只是接通同步，他們之間一瞬散發出冷場的氣氛。不用他來說，本來就沒人介意。

『不排除電磁加速砲型的威脅，本作戰便沒有意義。因此各軍將繼續進擊，不過今後會縮小壓制範圍，以舊高速鐵路的軌道為中心，採取一面追趕電磁加速砲型，一面縮窄可能移動範圍的形式進軍。』

辛在顯示的地圖資料上叫出舊高速鐵路的鐵路網，確認參謀長所說的本隊預定進軍路線。路線沿著帝國舊國境線南下一五〇公里，然後在該處岔道轉彎，向西前進。

『你們目前在西方方面軍本隊往西七〇公里外的地方。規模較小的你們，與軍團規模的本隊進擊速度完全不同，接下來距離想必會拉得更遠。空中支援不用說，也無法進行砲火支援，或是派兵救援。基於這幾點，我想重新問過你們——要就這樣繼續進行追擊嗎？』

「……我想這次任務本來就沒有本隊的支援或救援，這點應該沒變。」

『不同的地方在於要花更多時間才能會合。坦白講，我無法保證本隊能到達你們的前進地點，也無法保證你們能活到與本隊會合。』

辛嘆了一小口氣。他到底想讓我們說什麼？

都什麼時候了，還老話重提。

「話雖如此，也沒有其他辦法了吧。」

參謀長好像苦笑了。

『被你講得這樣斬釘截鐵，我可就沒面子了……雖然這項任務總得有人來做，但即使已經派給你們負責，狀況改變之後仍然維持原訂計畫，似乎也不太公平。我的意思是如果你們改變心意了，可以換人來做。』

「別開玩笑了。花時間換人，只會給電磁加速砲時間跑進支配區域深處，變得更難以擊破。」

對方的笑意似乎更深了。

『……換人之後送你們回後方，任務的達成難易度就跟你們無關了喔。』

「反正不排除電磁加速砲型，遲早都會死。今天逃得了一時，明天死掉一樣沒意義。」

『原來如此……也罷，我這邊言盡於此。有任何問題要提出的嗎？』

「沒有。」

†

壓制地表，能夠自由運用高射砲燒光阻電擾亂型之後，就能利用航空器一路飛到前線附近。

「真是的，一點都不可愛，應該說太急躁了。雖然很可憐，但照他們那個樣子，可是早晚會戰死的。」

參謀長取下同步裝置交給身旁待命的副官，用鼻子短促地哼了一聲。

為了取得比傳聞更正確的資訊，參謀長直接來到前線做確認，這裡目前為了再次進軍，正慌忙重編隊伍。軍隊想方設法，總算推進到這座能將舊克羅伊茨貝克市一覽無遺的矮丘上。留在前線的倖存者與來自後方的補充兵，以及正好相反，準備送往後方的傷兵與戰死者，目前都還混雜

MAP〈第二次攻擊作戰概要〉

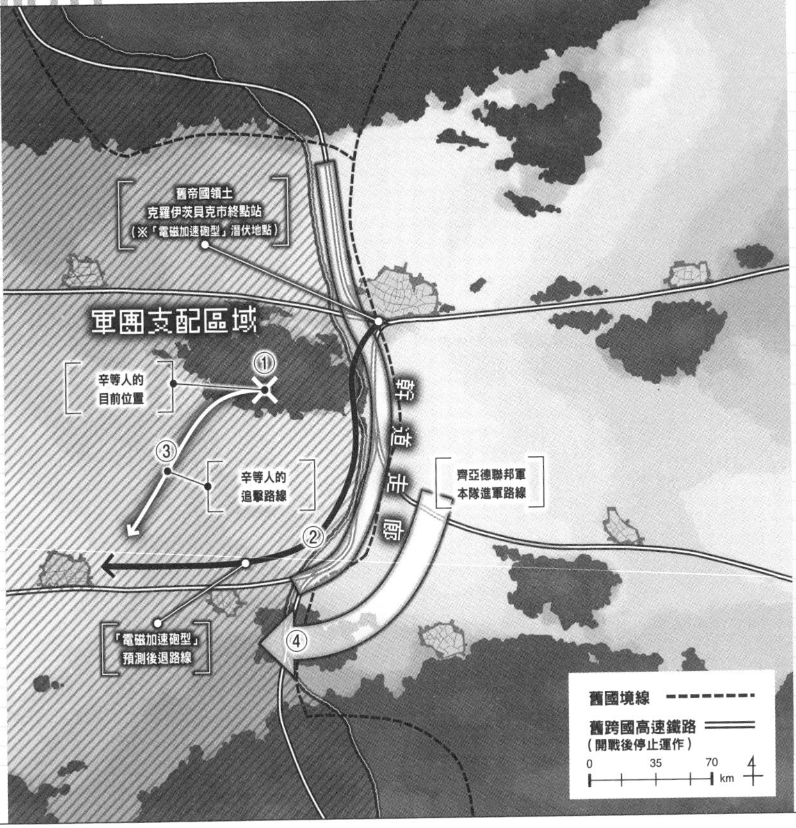

敵軍似乎也因為前次大規模攻勢而使軍力疲乏，我軍雖然傷亡慘重，仍往前推進了前所未有的距離。然而最關鍵的「電磁加速砲型」討伐失敗。因此我軍在此確定需要進行第二次攻擊，概要記載如下：

〈現況〉辛耶．諾贊中尉等五名成員目前於舊克羅伊茨貝克市西南方森林內待機（①），聯邦軍本隊位於他們約70km的後方。作戰的第二目標「掌控幹道走廊」幾乎大功告成，本隊目前正在維持該戰線。根據中尉的「異能」指出，「電磁加速砲型」正沿著舊鐵路南下，據推測仍在移動中（②）。

〈作戰要項〉辛耶．諾贊中尉等五名成員必須活用中尉的「異能」與「女武神」的行走性能，一邊避免與敵方部隊交戰一邊移動，繼續追擊「電磁加速砲型」（③）。留在「幹道走廊」的各國軍隊也要繼續戰鬥，盡量替追擊部隊引開敵方注意。此外，聯邦軍本隊只在舊高速鐵路周邊繼續進擊，為追擊部隊確保退路（④）。

一旦討伐「電磁加速砲型」以失敗告終，留在國內的所有家人、朋友、同伴都將暴露於砲火之下。不打倒敵人，我等將沒有明天。期待各位將士更加奮發蹈厲，力戰敵軍。

一處。

兵士們指示補給或重編的吵嚷聲此起彼落，屍袋堆積如山的卡車發出引擎聲。在燒焦而無法開動的「破壞之杖」旁邊，步兵戰鬥車連車外都載滿了裝甲步兵，與傷患擔架擦身而過，隨即駛遠。

看到裝甲步兵連將官就在附近都沒發現，滿臉倦容地蜷縮成一團，再加上克羅伊茨貝克市的市區中心遭受電磁加速砲砲擊而完全夷為平地的慘狀，參謀長沒讓旁人發覺，悄悄瞇起一眼。

頹然倒在一旁，裝甲脫落而框架變形，滿身瘡痍的「女武神」操縱席裡——相較於慘不忍睹的自機，身上算是毫髮無傷的葛蕾蒂皺起了臉龐。

沒錯，她幾乎毫髮無傷。「尼塔特」訊號斷絕後，誰都做好了一行人壯烈犧牲的心理準備，沒想到居然平安無事。參謀長心裡想，暫時先瞞著內心偷偷著急的少將好了。

「是誰整天就想著讓他戰死呢？維蘭……對純血夜黑種的前貴族來說，中尉這個共和國出生的混血兒想必很礙眼吧？」

「我心胸可沒那麼狹窄，葛蕾蒂。混合物有混合物的美，是僅限一代的異形之美。」

參謀長一邊說，一邊只以嘴角嗤笑。

「……而且他都沒在擔心妳喔，妳真是好心沒好報。」

「這還用說嗎？要是被小我十歲以上的小孩擔心，那才是可悲到可以去死了。」

葛蕾蒂顯得由衷不悅，如此說道。

雖說自從完成誘餌職責後就有避免交戰，但在「軍團」支配區域單獨行動，竟然還能平安生還。在現任「破壞之杖」操縱員當中，有多少人能像她這樣？

但真要說起來，「女武神」那種要命的運動性能——正是忠實照著葛蕾蒂的要求開發，所帶來的附加結果。

「看來本領沒退步啊，蜘蛛女——專殺『軍團』的黑寡婦。」

葛蕾蒂挺直的鼻梁整個皺成一團。

「別說了，斬人螳螂。那個外號的由來，你又不是不知道。」

哈哈！參謀長快活地笑著。

「當然知道，因為這外號其實是我取的。還沒為夫君穿上婚紗就得服喪的新娘，可不是到處都有。」

「你這爛人！」

葛蕾蒂鄙夷地說，參謀長對她伸出右手。他拉著交給自己的手，協助她從「女武神」下來。她部下的大約十名禽獸，紛紛從丘陵的山麓爬上來。參謀長一面回望抬頭看他們的壯年軍曹，一面對站立身旁的葛蕾蒂聳了聳肩。

「誰教妳要甩了我，被那種拋下下個月就要當新娘的女人擅自翹辮子的笨蛋打動——枉費我跟少將還準備用玫瑰淹沒婚禮教堂，想整整你們的說。」

「……」

因為火大，所以他拿玫瑰代替炸碎的遺體，塞滿了那個笨蛋的棺材。

「……那些怪物要怎樣跟我無關，但妳如果為了他們又要哭泣，我心裡可不舒坦，所以我並不想故意讓他們戰死。」

†

在無人入內的廣大櫟木森林深處，「破壞神」躲藏於蒼鬱樹叢與樹下高草遮掩的窪地，那些斥候型似乎沒能發現他們。

巡邏部隊踩斷樹蔭雜草的細微聲響以及悲嘆之聲，都遠離他們了。辛下意識呼出一口氣，萊登在稍遠處讓「狼人」伏地，對他說：

『走了嗎？』

「嗯，不過為了保險起見，最好再等一下……先待機，順便休息吧。」

辛告訴萊登後，知覺同步另一頭的緊張感和緩了點。

幾人伸懶腰的感覺傳了回來。雖說比起共和國好多了，但「女武神」駕駛艙也一樣不重視舒適性，連次要都算不上。為了極力減少迎面投影面積，機甲駕駛艙不曾考慮搭乘者的精神壓力，擠得讓人難受。

到外面一看，作戰開始時甚至還沒在地表上露臉的太陽，如今剛過中天，穿過茂密重疊的櫟木葉片灑下點點陽光，柔和地照亮綠蔭。無數圓形光點互相堆疊，將五架「破壞神」與隨侍的菲多染得光影斑斑。

話說回來。

所有人的視線集中在菲多的……它的貨櫃上。

出擊前忙著聽簡報與檢查機體而完全沒留意，仔細想想，的確從一早就沒看到人。

在無言的凝視下，菲多發出莫名軟弱的電子聲，侷促不安地扭動身軀。即使身在沒有窗戶的貨櫃中，似乎也能感覺到集中的視線，貨櫃裡的某人先是不知所措，然後……

『咪……喵——喵——』

「「「白痴啊！」」」

除了辛以外，所有人都狠狠吐槽。不過畢竟身處敵境，大家有壓低音量（而且安琪是說「笨蛋！」所以有點不整齊）。

辛對於學得不像又老套的掩飾手段不予理會，開口道：

「菲多。」

「嗶……」

菲多悄悄別開了光學感應器，對於這種沒必要的才藝表演，辛先踹它前腳一下再說。

「這是命令，打開貨櫃。」

「……嗶。」

『萬萬不可，菲多，絕不可打開……啊！』

果不其然，在無所遁形的貨櫃深處，芙蕾德利嘉就縮在做了固定的八八毫米砲彈彈匣與能源匣的間隙中。

她還沒來得及說什麼，賽歐已經伸出手，像對待一隻小貓般抓住她的後頸，把她拖了出來。

「妳搞什麼鬼啊……！」

「呀……！」

如雷的怒吼讓芙蕾德利嘉縮起了脖子。

聲音雖經過壓抑，仍像揮刀砍人似的，是發自內心的怒罵。

「妳應該知道我們可能回不去吧！幹嘛跟來啊！要是有個萬一，妳可是會一起死掉的耶！」

霎時間，芙蕾德利嘉的血紅眼眸悲痛地發亮了。

「因為余就是不喜歡汝等此種性情，一群蠢蛋！」

始料未及的這句話讓賽歐閉上了嘴。

芙蕾德利嘉大聲喊叫後才注意到其中的危險性，雙手摀住嘴巴。

她不知所措地抬頭看辛，他輕輕搖了搖頭。斥候型們在這段時間裡已經遠去，聲音似乎在密實重疊的枝葉中散掉，對方並未察覺。雖然也可能是佯裝不知，不過它們位於遠處的本隊好像也沒有動靜。

芙蕾德利嘉鬆了口氣，然後回到本題，雙臂抱胸。

「真是的，什麼回不去？真虧汝等能以此等心態道出這種話來。汝等究竟要困在那注定死亡

的第八十六區戰場到何時？恩斯特那傢伙不也說過，要汝等務必歸返？……這才是如今汝等肩負的命運。」

「因此……」芙蕾德利嘉盡可能聳起纖瘦的肩膀。

「余乃是人質，並非讓汝等無法逃離戰場，而是不可逃避生還的義務……汝等想必也不願害柔弱又年幼可愛的余受牽連吧？」

芙蕾德利嘉臉色有些發青。

只有嘴角做出微笑的形狀。

辛回看著她，嘆了口氣。

「……萊登，如果我叫你帶著她回去……」

「別強人所難了，這種事只有你辦得到吧。」

好吧，他說得是沒錯。

眼下他們離本隊有七〇公里之遙，要躲開一路上水洩不通的所有「軍團」東進，必須知道它們的位置，否則絕無可能脫身。

「真是的，我帶著她走就是了……是說除了我以外，也沒人能帶了吧。」

「破壞神」本來就具有可能破壞人體結構的運動性能，而前衛的辛跟賽歐機動動作更是亂來，芙蕾德利嘉不可能承受得了。狙擊手可蕾娜不能分心，專門應付多數敵人的安琪也一樣。菲多屬於非裝甲，既然繼續讓芙蕾德利嘉坐在上面不在選項之列，經過刪去法，就只能由萊登帶著走了。

「抱歉。」

「不准再這樣做了……妳不用這麼做，我們也不會去送死啦。」

「……唔嗯。」

血紅眼眸不知何故，又看了辛一眼然後低垂下去，辛對著她垂下的頭說：

「芙蕾德利嘉。」

芙蕾德利嘉抬起頭來，辛把那個東西隨便扔給她。

芙蕾德利嘉急忙接住，看到手裡的東西，睜大眼睛。那是自動手槍，槍身比聯邦制式的大，屬於過去的共和國陸軍制式。

「知道怎麼用吧？假如我們全軍覆沒，而妳也無法跟本隊會合時，就用這個替自己做個了斷。『軍團』雖然不會折磨人類，但也不會替奄奄一息的人解脫。」

辛甚至看過好幾次同伴回天乏術卻死不了，有時還懇求他殺了自己。

替他們所有人補最後一刀的，就是辛交給她的手槍。辛對過去乘坐的機體或共和國的軍服都毫不留戀，但不知怎地，就只有這把槍捨不得丟掉。

「這樣好嗎？……汝不是以這把手槍送過尤金……送過汝的戰友最後一程嗎？」

「……我不是叫妳閉上眼睛了嗎？」

「蠢蛋，余看見的是記憶。因為汝等所有人，都替他們背負了……」

話說到一半，芙蕾德利嘉閉口不語，將手槍抱進了懷裡。

「那麼，余就心懷感激地暫時保管……然而余太柔弱，此等重物余的手拿不住。等返回基地，余定要退還……所以，一定要一同歸返。」

礙於時間的關係，再加上巡邏部隊在附近徘徊時無法行動，雖然有點早，但大家決定先吃午飯，於是拋下不懂露營知識的芙蕾德利嘉，大家俐落地做準備。

話雖如此，由於狀況實在不允許生火，吃的便是機甲部隊的標準裝備之一——軍用口糧。就是將一餐的分量裝進積層袋，考慮到無法用火的狀況而附上加水式發熱包，做成一套真空調理包。

辛從菲多的貨櫃中拿出都市迷彩灰底印有雙頭鷲國徽的積層袋，用鼻子哼了一聲。

「沒寫裡面是什麼，大概是想盡量讓士兵享受用餐樂趣，但碰到這種時候就有點麻煩了。」

「就是啊。」

身旁的萊登應聲附和，芙蕾德利嘉不懂他們的意思。

軍用口糧有二十二種餐點，要等到打開才知道裡面是什麼。芙蕾德利嘉只知道這樣做是為了讓士兵像在開一份小禮物，享受對內容物的期待感。

等到用自熱包加熱過的調理包送到手上，她才終於明白兩人對話的含意。

「變得滿燙的，小心不要燙傷喔。」

「唔嗯。」

上空似乎並未展開阻電擾亂型或警戒管制型。芙蕾德利嘉看著菲多在日光明亮的地方攤開發電板以備不知還有多長的征途，切開人家給她的調理包。

積層袋有時需要裝箱以降落傘空投，因此做得非常強韌，不過除了外包裝之外，其他部分用手也能撕開。芙蕾德利嘉有點費力地從切口撕開包裝後，一時屏住了呼吸。

是烤肉的味道，經過加熱而帶點悶味。

「尼塔特」原本用於後方支援，又是超低空專用，因此貨艙內未經加壓，至於菲多則並未設計成讓人搭乘，沒做核、生物、化學（NBC）武器防護。在它的貨櫃中，芙蕾德利嘉今天聞了半天的戰場臭味——燒過的鐵塊、硝煙，以及被砲彈高溫烤成半熟的人肉血腥味重回鼻腔。

看到芙蕾德利嘉不禁搗嘴，辛早就料到會如此，環視另外四人。

「有沒有人拿到的不是肉？」

「啊，我的是鱒魚。芙蕾德利嘉，我們交換吧。」

可蕾娜一下子搶過芙蕾德利嘉手中的調理包，跟自己的交換。獸肉特有的腥味遠去，令她鬆了口氣。

賽歐二話不說就用內附湯匙去舀調理包的家鄉味濃湯，同時說道：

「不用說也知道，這不是設計給小孩子吃的，所以量很多，吃妳想吃的部分就可以了。」

「唔嗯……不過……」

一不小心回想起的血腥味還黏在鼻腔深處，不肯散去。魚肉帶有真空包食品特有的質感，好像煮過頭般易碎又小片。芙蕾德利嘉用塑膠湯匙的前端戳戳它，忍不住說了：

「真佩服汝等吃得下去……」

話一出口她就後悔了，這種口氣好像在指責他們。那就像在說──你們目睹那麼多人死亡，卻這麼冷淡。

但辛等人顯得毫不介懷。

「是啊，習慣了。」

「我們常常得在搬運傷患後直接吃飯什麼的，沒多餘時間在意，而且肚子還是會餓。」

「漸漸就會覺得沒差，不會再覺得有一陣子都不想看到肉之類。」

一邊說著，五人都用頗快的速度把調理包的內容物送進嘴裡。正如他們所說，看起來並未將肉類料理與戰場慘狀聯想在一起。這裡是敵境，沒那閒工夫慢慢休息。

好。芙蕾德利嘉下定決心，把奶油燉鱒魚送進嘴裡。

嚼一嚼，她僵住了。

看看芙蕾德利嘉用難以言喻的表情僵在那裡，可蕾娜壞心地笑。

「小公主一定覺得不好吃吧。」

「…………唔嗯。」

食物的品質會直接影響士氣，所以開發人員應該相當努力了，但這種東西畢竟是以好攜帶與攝取熱量為根本意義，口味只是其次。真要說起來，聯邦軍的糧食配給，基本上由基地餐廳或開進戰場的野戰廚房車烹調提供，軍用口糧終究只是備用，沒必要花費勞力追求更好的滋味。

即使如此，這個味道對大多數的兵卒、軍官或下級軍官而言已經算不錯了，但芙蕾德利嘉身為末代女帝，又是臨時大總統的養女，從小到大從沒嘗過粗茶淡飯，這對她來說有點難以下嚥。

由於是專為在戰鬥中消耗體力的戰鬥人員設計，雖是無可奈何，但味道實在太重。而且別說口感，連咬都不用咬。更還有加熱後散發出的防腐劑怪味傳進鼻腔，讓她無法不介意。

「抱歉，余又講這種話……但真佩服汝等吃得下去。」

所幸大家似乎不覺得受到冒犯，用輕鬆的笑聲回答她。

「這好像已經比以前的口糧好太多了。聽班諾德說，一開始的口糧好像在吃漿糊。」

「大家在形容食物難吃時，總愛拿怎麼想都絕對沒吃過的東西來比喻，真有意思呢。」

例如肥皂、海綿或黏土，不然就是擦過牛奶放著的抹布。

「不過話說回來，漿糊也太……」

雖然極東的民間故事裡，是有提到小鳥因為偷吃漿糊受罰，被剪掉舌頭，但那種漿糊是用米搗爛做成的。班諾德所說的，恐怕是合成黏膠的那種漿糊。

還有就算是極東什麼用米搗爛做成的漿糊，芙蕾德利嘉也不會想吃吃看。

「但還是比第八十六區的合成糧食好一百倍啦，這世上沒有比那更難吃的東西了。」

「是什麼樣的味道？」

對於這個問題，八六們先是互看一眼，然後異口同聲地回答。連原本笑都不笑，只是隨便聽聽的辛也加入了。

啊啊，看來是真的難吃到不行呢……光看這樣，芙蕾德利嘉就懂了。

既然連不重視食物味道的他，儘管不太明顯，還是露出了厭惡的表情……

「「「「塑膠炸彈。」」」」

「……」

看來連食物都算不上了。

「——停下來了？」

正要出發之際，辛狐疑地喃喃自語。根據他的說法，電磁加速砲似乎前進到遙遠西邊後就停下腳步，然後動也不動。

「是在整備……換裝砲身之類的嗎？」

「大概。」

無論如何，這下前進路線就決定了。他們目前的位置在舊國境線西北部附近，要從這裡斜向穿越支配區域，走最短距離前往電磁加速砲型駐足的支配區域西南部。

大樹樹根於地表隆起，枝葉交纏，樹蔭下雜草茂密生長，形成了天然要塞。五架「破壞神」與「清道夫」藏身於戰車型跟重戰車型無法入侵的這座古老森林，急速飛馳。

如同白天所做的決定，他們讓芙蕾德利嘉乘坐「狼人」。

「破壞神」的駕駛艙有著固定、搬運傷患用的折疊式輔助座椅，但終究只供緊急使用，並未設計成供人長時間乘坐。講得具體點，就是非常硬又非常窄。

因此芙蕾德利嘉很快就離開了輔助座椅，現在乖巧地縮在萊登的雙腿間。

就辛預估，應該可以前進一段距離不需戰鬥，而且萊登個子高，不會被芙蕾德利嘉擋到，所以就隨便她了。

是不重要，不過要是這副樣子被其他傢伙看見，可不只是被笑一笑就結束了。萊登忍不住嘆氣。他由衷慶幸不用像小時候看過的機器人卡通，每次通訊時都會即時映照出對方的臉。

「如果戰鬥快要開始，妳就要回輔助座椅喔。還有，絕對不准講話，會咬到舌頭喔。」

「余明白，別把余當小孩。」

嘴上這樣說，目光卻頻頻偷瞄光學顯示器中流竄的機外影像，完全就是個小孩。一雙眼睛因好奇與興奮而閃閃發光，本人似乎以為藏得很好，其實完全穿幫了。

「哦哦！有鹿！萊登，有鹿耶！」

「是啊……」

萊登側眼看了一下，在小樹林的遙遠另一端有兩頭鹿，用烏黑眼睛凝視著不適合這裡的不速之客。無角的母鹿應該是母親，另一頭是纖細嬌小的幼鹿。

萊登心想「那個很好吃呢」，但這種感想現在應該沒人要聽，他姑且吞了回去。

對萊登而言，他在第八十六區戰場早已看膩了這種森林許久無人管理的深綠黝暗，但對芙蕾德利嘉而言想必不一樣。對於只知道號稱什麼帝國軍最後堡壘的聖耶德爾，還有前進基地及其周邊環境的她而言……這時萊登才想到，她可能是初次目睹這片風景。

也是啦。因為他對這種心情並不陌生。

已經過了快一年了，那是去年秋天的特別偵察。當時他看見了許許多多初次目睹的景色……的確令人讚嘆。

能親眼目睹未知的某些事物，是很特別的一件事。

就連足足五年讓人藏匿在八十五區內，還有機會看到電視或什麼的萊登，都這麼覺得了。那些同伴自從十年前被扔進第八十六區後就不曾外出，真的只知道強制收容所與戰場的風景，他們心中產生的感慨無從想像。

不知是在什麼時候，萊登曾在遭人棄置的某個古老、陳舊的都市駐足。

那是個萬里無雲的日子，夕陽染紅了整片天空。僅以白石打造的街景，以及轉成金黃色的銀杏林蔭樹鋪成一片落葉地毯，殘留於枝椏上的黃葉漫射朱紅光線，在這黃昏的廢墟，連空氣本身都散發金色光輝。

可蕾娜興奮萬分地到處亂跑，在堆積的落葉上滑了一跤，摔了個四腳朝天。一旁看著的辛笑到停不下來，氣得可蕾娜漲紅了臉找他吵架。

……對，記得那時候，那傢伙都還有笑容。

從什麼時候開始——變成現在這樣的？

一回神才發現，芙蕾德利嘉正用她那血紅的大眼睛，抬頭看著自己。

「萊登……汝是辛耶的摯友，對吧？」

「才不是，只是有段孽緣罷了。」

芙蕾德利嘉太過直接的講法，加上萊登絕不願承認的言詞，使他想都沒想就加以否定，但芙蕾德利嘉不肯移開真摯的目光。

「……妳是要說剛才的戰鬥嗎？」

「從前次大規模攻勢以來就是了。」

哼。萊登用鼻子哼了一聲。他想起來了，芙蕾德利嘉之前好像也提過類似的事。

「大規模攻勢的時候，老實說，我們腦子也有點亂……那時候敵人太多，我本來以為他是受那些東西影響了，但是……」

萊登以為他是受到怎麼打都打不完的敵軍數量，以及亡靈們震耳欲聾的悲嘆影響，然而……

「他那時是什麼狀況？……是說妳啊，幹嘛去跟他同步？」

那時因為狀況實在太過惡劣，記得出擊前應該有嚴厲叮囑過她不可連接同步，會害人分心。

他們不想讓芙蕾德利嘉聽到任何人死前的狀況，況且當晚蜂擁而至的死者悲嘆，數量龐大到就連辛都變了臉色，情況相當駭人。

那傢伙絕不會希望年幼的芙蕾德利嘉心靈因此崩潰。

「……因為共和國──『鐵幕』淪陷了。所以，余想通知他……」

「……」

那個笨蛋，竟然連這種事都一個人承受。萊登內心不禁苦澀地這麼想著。辛就連遙遠彼方的「軍團」位置都能清楚掌握，不可能沒注意到共和國滅亡。

雖然對辛而言，共和國與在國內高枕而眠的白豬想必無足輕重，但是……

──我們先走一步了，少校。

那個笨蛋難得地，真的很難得地，關心的那最後一名管制官呢？

芙蕾德利嘉縮起身子，彷彿感到一股寒意，用小手摟住了自己的肩膀。

「然而，他並未回應。辛耶那時的模樣……正與齊利亞的最後那段時期相同。」

這回答比想像中更糟。

「……這麼嚴重？」

「他什麼都沒看見。除了眼前該打倒的敵人之外，什麼都是。方才的戰鬥也是一樣……不對，比大規模攻勢之時更惡化了……」

「是啊，那傢伙以前從來不會連周圍的我們都忘掉。」

不對──似乎只有過一次。

在共和國第八十六區，第一戰區的最後一戰。

就在辛四處尋覓了足足五年，終於見到了失落的首級，以及──哥哥的亡靈時。

他說要單挑。

絲毫沒考慮到他們的心情。

……原來是這麼回事啊。

「芙蕾德利嘉，妳……如果我叫妳除了那個笨蛋之外什麼都不用管，妳能接受嗎？」

萊登低頭看著她，嫣紅眼眸的少女僵硬地點頭。

†

「——確定要再次進軍了。」

不適合稱為皇室御用座車的粗樸裝甲指揮車裡很暗，只能看見將管制席椅背放低到極限，身體沉入其中的人影，以及一旁彎膝下跪的少女身姿，形成了朦朧的剪影。

將一身長版立領的聯合王國軍服穿得筆挺的王儲，站在指揮車的車門處說著。

「根據先行追蹤電磁加速砲型的聯邦異能者表示，那頭巨龍似乎在支配區域南邊的花鷲南路線上停止前進。聯邦軍本隊與盟約同盟軍將一面壓制這條路線附近地區一面前進。我等聯合王國軍則與聯邦軍分隊通力合作，壓制支配區域北側的花鷲北路線。」

人影依然以單手手背遮住雙眼，只有少女將目光轉來，一雙綠瞳像貓一樣，在微暗中閃耀。

「你們也是，我得再請你們盡點力……損耗部分有備用品嗎？」

「為防萬一，我已事先命令後方把能夠調動的盡量送過來，兄長。要讓軍團規模的人員再次進軍，無論如何火速處理，恐怕都得等到今日傍晚時分才能開始行動。在那之前，我會讓我這邊也準備妥當。」

聽到這番伶俐的回應，王儲優雅地含笑點頭。

「也就是說為協助南側進軍，由聯合王國主動負責聲東擊西。即使如此，一旦聯邦軍本隊開始進軍，『軍團』不可能看不見……關於這方面的對策呢？」

「聽說盟約同盟將會用上開發中的反雷達兵器。在低空製造出金屬箔雲層，藉此迷亂警戒管制型或斥候型的耳目，妨礙『軍團』間的通訊。雖然持續時間極短，效果範圍至多也只能涵蓋支配區域南側，但對方表示只要統統用上，最起碼能撐過足夠的時間，讓敵軍將聯合王國軍錯判為主力部隊。」

「這麼說來，同盟還真是下了很大決心呢。對付具有高度學習能力的『軍團』，這招恐怕只有第一次使用時有效。」

「一旦這次落敗就沒有下次了，那邊會這樣判斷是理所當然。我們聯合王國也一樣啊。」

「謹聽尊命，兄長……不過話說回來……」

這個人影面對無論王位繼承權序列或軍方階級都在自己之上的王兄，不但不正眼瞧著對方，甚至一直沒挪開遮眼的手，直到現在才終於端正態度，回望著王儲。

眼瞳是紫色的。

「無法自行起飛的航空兵器、開發到一半的試作品，以及盡是少年兵的特攻部隊。雖說那個共和國的什麼有人式無人兵器荒謬絕倫……不過無論是哪裡，都顧不得那麼多了呢。」

「關於這點，我覺得你可愛的小鳥們也挺令人厭惡的……今後情況會更嚴苛，麻煩你想好對策。」

「遵命。」

†

在染成橙紅色的南邊天空，一群機影自南方稜線拖著白色尾巴起飛。

那是遠距離操縱的小型無人航空器，對空砲兵型還來不及反應，它們已在上空自爆。細碎但為數眾多的金屬箔一邊漫射這天最後的陽光一邊四處散播，互相重疊，最後化為低低遮蔽黃昏光線的烏雲。

第二隊飛越烏雲上方，進行自爆。接連著是第三隊，然後是遭受對空砲火而炸開的第四隊，金屬箔雲層隨之擴散，暫時遮蔽「軍團」們的通訊網路。

然而這種妨礙行為，對於不在金屬雲封鎖範圍內的斥候型完全不具意義。

遇到這種己身資料庫中不存在，但據推測應為攻擊行動的機影與雲層，機械蟻群貪婪地收集資訊，呈報廣域網路。它們具備的高性能感應器無法透視雲層，與理應存在於雲層底下的僚機通訊遭到阻斷。它們判斷這是擾亂可見光及電波的反雷達兵器。

事前迷亂敵軍耳目，是進軍時的基本工夫。然而這次行動太過顯眼，「軍團」們除了金屬雲周邊，同樣也加強戒備其他方向。

不消須臾，從相反的方向，聯合王國以及聯邦軍勢自北側與西北戰線再次開始進軍。

果然是聲東擊西。兩條戰線的指揮官機們做出判斷，向支配區域內的後備部隊要求支援。

†

「──有動靜了，似乎中了北側的引誘作戰。」

「雙重聲東擊西啊，北邊與南邊的那幫人也真是拚了命。」

他們在走了一天的森林裡，選了一塊彷彿遭人遺忘的小村遺跡當成營地。

眾人讓「破壞神」趴在廣場上。在面對廣場的教會玫瑰窗複雜光影灑落的小聖堂裡，萊登無奈地搖搖頭。

「這下本隊才終於能行動啊……已經不能用『拉開一段距離』來形容了。」

「他們那邊打算直接徹夜進軍，我想這段時間內應該會縮短些距離。」

「那倒也是。」

不同於本隊只要戰鬥部隊換班即可，他們屬於小隊，不休息會撐不住。「破壞神」又是戰鬥又是行軍了一整天，也需要整備。最糟的情況下幾天不睡也還挺得住，但包括戰鬥在內，不管做什麼效率都會降低。

所幸電磁加速砲似乎仍停止不動，看來應該是在做整備。口徑八〇〇毫米——重達數噸的砲彈想必光是裝填都要費一番工夫，不讓八八毫米戰車砲射穿的裝甲也是，每塊模組都相當有重量。敵軍當前還要傳送中樞處理系統的構造圖並強行直接進入戰鬥的舉動，或許也造成了影響。

過去這座村落的居民似乎在遭受「軍團」襲擊前——說不定在那好幾年之前——就已經離去，一間間樸素的砌石房舍都沒有戰鬥或破壞的痕跡。包括芙蕾德利嘉在內的三個女生猜想爐灶或許還能用，就去了廚房；賽歐去看看宅第有沒有剩下像樣的房間，現在小聖堂裡除了萊登，只有辛一個人。

「……辛。」

辛興致缺缺地看向萊登，還沒用不感興趣的口氣應聲「幹嘛」，萊登便切入正題說：

「你帶芙蕾德利嘉回去。」

隔了一拍。

不，是比那再久一點的時間。

「……為什麼？」

「還問為什麼？白天我就說過了，因為你最適合啊。要穿過滿坑滿谷的『軍團』回去而且不被發現，除了你以外誰辦得到？」

「追擊呢？」

「對方不是停下來了嗎？就算有動靜，反正它只能在鐵路上移動，靠知覺同步傳達也勉強可行。而且幸好這次不像上次，聽說有別人大動作地聲東擊西把敵人引開呢。」

哼。辛笑得像一把刀。

啊啊，就是這副表情。

恍如冰刃，恍如癲狂，恍如挑戰死地的戰鬼笑靨。

跟他挑戰他老哥之前，臉上浮現的表情一模一樣。

「你以為光是應付聲東擊西的戰術與本隊，就能讓『軍團』忙不過來？按照上次通過支配區域（這裡）的經驗，你應該知道一旦交戰，馬上就會全軍覆沒吧？」

「總比被現在的你拉著去好一點……雖然你從以前腦袋就有問題，但最近更離譜，從剛才的戰鬥到現在更是病入膏肓了。」

彷彿衝過生死線的正上方，只能以暴虎馮河來形容的白刃戰鬥，向來是辛的常態。但他同時也能保持冷靜，掌握住整體戰況，或者應該說有在俯瞰戰局，所以雖然多少會懷疑他腦袋不正常，但之前並沒有特別擔心他。

而這種平衡，最近明顯地開始崩潰。

辛如同走在剃刀邊緣的暴虎馮河性情依舊，但意識變得只放在眼前的敵機上。放在那架敵機與——作為純粹的人造殺戮者，遠比人類善於戰鬥的「女武神」之間展開的，熾烈而慘烈的鬥爭上。

就像希求著鬥爭盡頭的事物。

「你被影響太深了……到底是怎麼了？」

被素未謀面，生前不曾邂逅的芙蕾德利嘉騎士的亡靈影響。

或者是被戰場本身的狂熱影響。

「……沒什麼。」

萊登狠狠地嘖了一聲，他是覺得不至於，但……

「你以為這樣就能蒙混過去嗎？白痴。」

還是說辛根本沒注意到？

辛以為把情緒都壓抑在面無表情的臉孔下，其實整個人搖搖欲墜——對自己本身的糾葛與懊惱搖擺不定。

「……蒙混？」

「很遺憾，我跟你認識久了，連你自己看不見的部分，我都能看到一點。」

自己的表情自己看不見。

這傢伙現在，對於自己是什麼樣的表情……

毫無半點自覺。

「居然這樣迷迷糊糊的不曉得要幹嘛……你這傢伙是退化回到幾年前去啦？」

剛認識的時候，看在當時萊登的眼裡，辛像是個嚴重歪扭，而且很不安定的東西。

雖然現在還是一樣嚴重缺乏社交性，但當時更糟，對旁人總是劃清界線。只有簡報、一些報告或埋葬戰死者時才跟大家來往，連跟同樣身為八六的戰隊員或整備組員都幾乎不說話。正如通稱所示，辛就像佇立於戰場的死神，只是一味面對某人之死……大概就算他真的把某些人當自己人，也從不向任何人敞開心扉。

現在回想起來，萊登會覺得那也無可厚非。

辛不但差點死在哥哥手裡，而且那個哥哥似乎還沒原諒他就死了。本人分派到的地點永遠是激戰區，部隊的同伴每次都拋下辛一個人全軍覆沒。

——你……

——即使跟我在一起，也不會死呢。

經過大約半年，戰隊解體，他們搭乘運輸機前往下個赴任地點時，辛對他說過這番話。那時辛還沒變聲，嗓音比現在尖，像個小孩子。

當時萊登說「你在鬼扯什麼啊」，沒當一回事。

但那時候的辛，內心某處可能還覺得無論是哥哥的死，或是並肩作戰而早一步捐軀的同伴們，都是自己害的。

不是你的錯。

其實辛似乎是到最近才整理好心情，至少能夠毫不排斥地聽萊登這樣說，而不放在心上。那時他們在第八十六區戰場活過了好幾年，像可蕾娜、賽歐或安琪這類「代號者」同伴多了起來。

同個戰隊的戰友，變得不再那麼容易喪命。

鮮紅眼瞳彷彿忍受著什麼般歪扭，低垂下去，像要別開目光。辛看都不看萊登一眼，憤憤地說：

「既然這樣，你們帶芙蕾德利嘉回去好了。與其帶著一群累贅，一個人追擊還比較好。」

「……你說什麼？」

「如果會回不去，我一個人回不去就夠了。你們如果有打算回去，就沒必要刻意踏上回不去的路。」

「你……！」

萊登想都沒想就動手了。

他抓住機甲戰鬥服的胸襟，踏出一步，抓著辛撞上在他背後的柱子，發出一聲低沉的撞擊。

「……你夠了。」

第一次相遇時的身高差距，即使後來各自長高，到現在仍沒多大改變。他俯視忍不住瞪著自己的血紅雙眸，從咬緊的牙關之間擠出聲音說著。

「什麼自己一個人犧牲就沒事了，你可別有這種念頭。什麼叫作如果會回不去？別給我講得好像你不會回來似的。」

「……我並沒有打算送死。」

「是啊，我想也是。但你現在也沒打算活著回來吧！」

說什麼「你們如果有打算回去」，簡直好像事不關己。

好像自己死了也沒差。

好像認為自己一個人死去，也不會在任何人心中留下傷痛。

他不是現在才這樣。

那已經是將近一年前的事了，在特別偵察的最後一場戰鬥中，他有意成為誘餌時也是如此。

更早之前，在第八十六區的最後一場戰鬥中，與苦苦尋覓的哥哥亡靈搏鬥時，也是如此。

一副打從心底覺得就此結束也無所謂的嘴臉。

「你了結掉你老哥是為了什麼？不就是為了繼續前進嗎？並不是為了葬送你老哥才活下來的吧……可別搞錯了！」

「既然這樣……」

那種聲音，就像某種物體擠壓摩擦。

同時聲調中，又帶有某種哀鳴。

「既然這樣，那是為了什麼？有什麼理由可以讓我——……！」

情緒激動之下脫口而出的疑問，講到一半就停住，好像不敢再問下去。

他這種沉默，是因為拿這種問題問別人時，就表示自己沒有答案。

啊啊，原來如此。

萊登終於察覺了。

這傢伙真的——就是一把冰刃。

只為了唯一目的磨礪鍛煉，一旦斬殺了那唯一對象，就會直接一同折斷碎裂——辛就只是這樣的存在（物體）。

為什麼，自己至今……

沒能體察到這點？

「……我不想死，就這樣。我認為這樣就夠了。大概其他傢伙也一樣吧。」

其實一個人活著的理由，一定是只要這樣就夠了。

但是，辛受到哥哥指責「要是沒有你該有多好」又險遭殺害，一直以來為了彌補罪過而戰。

辛是這樣活過來的，或許還無法容許自己只為了生存而活下去。

「這是你的道路，你自己決定。不過，我們好歹也是同路人……你累了，我扶你。你撐不下去，休息就是了。所以……」

如同在特別偵察任務的最後一場戰鬥，辛選擇成為誘餌時那樣。

如同在第八十六區的最後一場戰鬥，與哥哥亡靈相遇時那樣。

絲毫不顧萊登的心情……

「我可不准你單打獨鬥。」

「總覺得啊，好像只有我被排擠在外耶，或者該說似乎沒把我算在男生裡面耶——？好吧，反正那不合我的個性，是沒差啦。」

「因為辛跟萊登交情很久，而且在認識我們之前，好像就發生過很多事了。」

「也是啦——」

「是喔？」

「他們有過那種好像漫畫一樣肉麻的插曲，像是以拳交心之類的。回去之後，妳可以去問問萊登。」

……如此這般。

從身高依序排列，安琪、賽歐與芙蕾德利嘉只從遮蔽處露出半張臉，三個人講著悄悄話。順便一提，遮蔽處指的是慢慢地、偷偷地移動到小聖堂入口的菲多貨櫃背光處，剩下可蕾娜被安琪從背後架住，被她一手摀住嘴，不知道在說些什麼。

原來是可蕾娜一看到兩人像在吵嘴，就跟條狗似的想衝過去，被安琪一把抓住，不讓她去。事情似乎談完了，確定兩人都離開後——雖然是辛甩開萊登的手走遠，結束得像是不歡而散——安琪才終於鬆手。

可蕾娜手忙腳亂地掙扎時突然被放開，收不回力道踉蹌了兩三步，一回頭正想興師問罪，但賽歐奪得先機，說道：

「我說啊，可蕾娜。這種時候就算妳衝過去，也不能解決任何問題，反而只會越搞越複雜啦。

妳也稍微收斂點嘛。」

「什……才……才不會呢！」

「可蕾娜如果過去，辛絕對會跑掉喔。要是不能好好對話，那才是名符其實的沒什麼好談。」

「畢竟男生就是莫名喜歡硬撐面子，死也不肯在女生面前示弱嘛。」

「……呃，是啦，安琪。是這樣沒錯，但妳當著我的面講會讓我心裡怪怪的，可以不要這樣嗎？還有那不是只有男生吧，女生也一樣好不好？」

「算是吧。」

安琪溫柔婉約地笑著帶過，賽歐不太高興地抬眼看她。

總覺得自從戴亞死後，就都是我在抽下下籤耶……賽歐雖這麼想，但不會說出口。就算當成玩笑話也太沒品了，不管怎樣都不能讓安琪聽到這種話。

他們送太多戰友走完最後一程，都一樣放不下死人的陰影。

話雖如此。

「……的確，要說放不下的話，或許是這樣沒錯。辛最近是有點怪怪的。」

雖然未來這種東西，賽歐自己都還無法明確想像。

但他覺得，辛比較像是不願去面對。

像是眼不見為淨，不去思考，不讓自己不小心想到。

死者屬於過往。除了悼念他們之外，再也無法為他們做點什麼，是過往的殘影。

在受困於那些事物的狀態下放眼未來……必定是極其困難的一件事，可是……

「……是說來到聯邦之前最後的那場戰鬥，現在回想起來也不太對勁呢。那種事情……明知一定會死卻執意要去的那種行為，辛以往不會自己去做，也不會讓其他人去做的。」

因為在那之前，辛必須誅殺哥哥的亡靈。

因為為了這個目的，他必須活下去。

唔——可蕾娜心有不滿地噘嘴。

「我覺得不會啊。」

賽歐眼神變得有點冷。

「……可蕾娜，我覺得妳最好多試著了解他，而不是只會追著他跑喔。」

「我才……！」

「辛又不是……為了我們而存在的死神。」

不是一味崇拜、依賴、倚靠就好的土木神像。

可蕾娜本來急著想反駁，被他這樣指責，閉起了嘴。

她視線四處飄忽，想了一會兒後，尷尬地別開目光。

「……我知道了。」

「安琪一直在擔心這點，對吧……妳早就知道了？」

被他一問，安琪苦笑起來。

「因為他跟我很像……不被家人需要的小孩會是什麼樣子，會怎麼想家人、世界或自己，我稍微能理解一點。」

「……」

「他們不禁會覺得，說不定是自己害的。即使理性知道不是這樣，但心態上就是無法停止責怪自己……更何況辛不只是不被需要，他哥哥也不只是口頭說說，對吧？這種心情，靠他一個人是消除不掉的。」

可蕾娜垂頭喪氣。

「這也就是說……有我們陪在他身邊，還是不夠嗎？」

「因為我們終究只能跟他說，我們會陪他到我們死去為止啊。可以說我們只是單方面依賴他，總有一天還是打算離開他身邊。」

就這層意義來說，他們與辛的關係並非對等。

的確，難怪他們沒把自己同樣當成男生。賽歐內心悄悄嘆氣。

誰教自己只會依靠，讓辛背負一切……卻又從不試著幫他分擔。

「……我們總有一天，會不會也為了同一件事而煩惱？我想應該會吧。畢竟未來或是將來什麼的，至今我們想都沒去想過。」

知道從軍五年後必定會死，現在回想起來，倒也是一種救贖。

不管是多嚴苛的戰鬥，或是白豬們的惡意，因為看得見盡頭，所以承受得住。只要在那之前不屈服，就是自己與同伴贏了。就能夠戰鬥到最後一刻，笑著離開人世——認為自己守得住這點僅有的堅持。

沒想到最後竟然活了下來，還有人叫自己回來，要自己活著回來。

想到這次不知道要用同樣的態度存活幾年，甚至是幾十年的漫長時間，擔心自己堅持不下去——面對那種無止無盡的時間，令人裹足不前。

自己與同伴明明只有一份驕傲，要是撐不過這麼長的時間，連這份驕傲都失去了……

一想像到這點……就不願去思考未來的事。

「偏偏因為辛有過哥哥這個目的，所以他一定是發現繼續往前走也沒有終點。但我們其實也一樣，其實沒有目標，也沒有想要什麼。」

哪裡都能去，卻也代表沒有必須前往的地方。

就像在無人荒野孤獨一人，就算不抵達任何地方，甚至是停在原處，瑟縮成一團等著腐朽，也不會有任何人在意，成為可有可無的存在。

自己與其他人有朝一日，也會面臨這種因孤獨與空虛而茫然佇立的時刻。

辛只不過是比別人早了點。

賽歐無奈地嘆口氣。

「我是覺得就算擔任前衛（偵察兵），也沒必要連這種事都打頭陣吧——」

害得他們隱約之中有所覺悟。

知道就算不情願也得面對。

知道不像活在第八十六區的時候，可以隨時準備明天慷慨赴義。

「辛看起來不在乎，其實滿關心我們的，雖然我覺得這很像辛的個性就是了。」

「就是啊。」

賽歐點點頭，忽然側眼瞄了一下可蕾娜。

「我先說清楚，可蕾娜，現在可是大好機會。聽說一個人在沮喪的時候，最有機可乘了。」

「我也先說清楚，賽歐，現在雖然應該是大好機會，但只有壞女人才會實行喔，不適合可蕾娜去做。」

「說的也是。」

「才……才不是！我才沒有那樣……」

「是是是，這些話都已經聽膩了啦，而且早就穿幫了好不好？」

「是說可蕾娜，妳上次不是自己承認了嗎？怎麼現在又這樣說？」

「那次是因為，那個……」

可蕾娜羞紅了臉正要辯解，忽然間，她的臉變得更紅了。

她用蚊子叫的聲音忸忸怩怩地說：

「…………………………………………該不會，辛也發現了吧？」

「「……」」

賽歐與安琪不由得面面相覷。

關於這點。

答案將會非常殘酷。

所以當著她的面講，實在有點不妥。

「……辛耶早發現了，但該怎麼說呢，感覺彷彿是視為孩子的憧憬或獨占欲那一類的呢。」

她竟然說出來了。

「視作妹妹……而且是需要費心照顧的麻煩妹妹。恕余直言，他似乎並未將汝視為女性看待呢。」

「……」

啊，靈魂好像出竅了。

安琪用一種非常嚇人的笑容面對芙蕾德利嘉，緊緊抓住她的雙肩，芙蕾德利嘉則是臉色鐵青地猛搖頭。賽歐沒理會她們，盡量試著打圓場：

「哎……沒關係，至少妳是可靠的戰友啊，目前先這樣就好了。」

「嗚……嗯。啊，而且我擅長狙擊！一定有幫上他的忙吧！」

這點並沒有說錯，因此賽歐無言地對她點頭。對於以白刃戰為主的辛來說，在與敵機展開混戰時，能以精密射擊做掩護的可蕾娜，應該是位難得的好戰友。

應該吧。

「不過話說回來……這樣啊，共和國滅亡了啊……」

長達十年之久，那個拿國家這種無從抵抗的巨大權力支配八六們，逼他們前往死境的存在——這麼輕易就沒了。

「不過余是透過齊利亞所見，因此只看見什麼鐵幕淪陷，以及『軍團』從該處大舉入侵的模樣就是。不同於聯邦，最前線一刻都撐不住即告崩潰。照那樣看來……恐怕國家是保不住了。」

「我想也是，共和國那些人……只要自己能活下來，不惜將八六視為棄卒，他們的防衛戰略都是這樣定的。」

「結果搞到最後自己也全軍覆沒……真是太惡俗了。」

雖然他們才不管那些白豬會怎樣，但不願同流合汙的白系種們，以及同為八六的自己人，也都因為那些人的愚蠢行為而被迫為整個國家陪葬。

這實在——一點也不好笑。

可蕾娜黯然神傷地嘆一口氣。

「那一定是辛第一次……能跟人說要先走一步，可是卻……」

那明明是他初次留下的——試著託付給他人的遺言。

辛想必是認為那個人值得託付——或是讓他想託付，可惜……

「少校……她沒能追上我們呢。」

沙沙一聲，聽見有人踩踏被風吹得厚厚堆起的落葉，他轉頭一看，只見菲多佇立在那裡。今天濫用了一整天的「破壞神」，在這鋪石廣場的一隅短暫休憩。

看到圓形光學感應器直勾勾朝向自己，辛仍舊佇立於乘坐的機體旁，聳聳肩膀。

「不用擔心成這樣，我不會那麼亂來，一個人跑去的。」

「……嗶。」

「雖然一個人去……心情比較輕鬆就是了。」

因為不需要再替任何人做墳墓。

自言自語的一句話，只有隨侍死神身邊，忠心耿耿的機械食腐者(清道夫)聽見。

†

白花在濃綠天鵝絨似的草原上如珠玉般閃耀，齊利亞吹散著花瓣奔馳其上。

沒有任何事物能阻擋疾走於「軍團」支配區域的鋼鐵巨龍。它穿過已開闢的森林，纏繞跨越大河的橋梁渡河，翻越如狂暴大海般起伏的丘陵，在自己負責的作戰區域邊緣停下步伐。

如今它的身體雖能隻身擊碎要塞，但每經過一場戰鬥都得進行長時間的整備。砲身才射個一百發就磨損到不能用，光是換裝就要花掉半天以上……這些地方實在極其不便。

那架白色機甲的巡航速度或許與自己同等，不過不像自己能悠然走過友軍的支配地區，對方可是要在敵軍中突圍，不會這麼快就追來。

齊利亞側眼看著原先待機的整備機械們開始工作，目光停留在離此地還很遙遠，只在地平線彼方微微探頭的灰色影子上。

『蒼白騎士呼叫無面者。已到達作戰區域，四〇小時後再次攻擊，於整備完成後的第一曙暮時刻實行。』

『收到。』

好了。

是先與意想不到的同胞重逢，做個了斷？

抑或是自己先擊發豪華煙火，宣告人類歷史的終結呢？

†

「──少將，差不多到起床時間了。」

三國聯軍整晚都在戰鬥，但他們是讓戰鬥部隊輪替，軍隊成員並非徹夜未眠。

士兵們攤開收納於步兵戰鬥車、吉普車或「破壞之杖」機艙空間的簡易床鋪睡覺，配合前線移動一起前進的司令部將官們也一樣。

在組成司令部的營區帳篷一隅，明明還不到起床時間，一身服裝卻仍然無懈可擊的參謀長這樣說，讓少將不愉快地瞇起一眼。

昨晚明明一起討論今天的作戰計畫到半夜，他應該是在同一時刻或是稍晚一點才就寢，卻一點都看不出來。

「上了年紀了呢，學長……我是很想這樣說，但學長應該才三十幾歲吧？不注意一點，遲早會有小腹喔。」

「你精神可真好啊，維蘭。你就繼續仗著年輕亂來吧，反正馬上就會跟我一樣了。」

「這就難說了。」

「隨你怎麼說，一超過三十歲，體力就會大不如前啦。」

可能因為剛睡醒，講話方式不小心變回了許多年前陸軍大學時代的口吻。他搖搖頭，將不到三小時的睡眠無法消除乾淨的睏意趕出腦海，披起扔在一旁的軍服上衣。

為了達成作戰目標，他問起必須頭一件確認的事：

「八六們現在怎麼樣？」

「剛剛才終於連上同步……共和國的這項技術還真是方便啊。但我不會想讓帝立研究所仿效就是了。」

他一手指指稱為同步裝置的金屬項圈，冷冷嗤笑。

這是藉由人類意識進行的通訊，動物實驗不具意義。可以想像直到完成之前，必定犧牲了相當多人命——用共和國那些人渣的說法，就是人形豬玀。

以少將的心情來說，奠基於那種殘忍行徑上的理論與技術做出來的東西，他既不想用也不想讓別人用，但參謀長似乎有不同想法。或許是一方面譴責殘忍行徑，一方面又將它的產物視為有用工具，想有效運用吧。

話說回來。

「……你說終於連上？」

「因為是通過雙方的意識聯繫，對方入睡時是連不上的。僅僅五人規模的小隊，在這種敵境的正中央居然睡得著，真不敢置信。」

那想必也是因為……

八六們從尚未開始長高的時期起便生活於戰場，又在「軍團」支配區域存活了一個月之久，對他們而言，這想必只是日常生活的延長。

習慣了……是吧。

少將無意間，想起了兩個月前的對話。

若是將軍官學校時期也算進去，自己已經從軍超過二十年，自十年前與「軍團」開戰以來便時時刻刻身處前線；但戰鬥仍對自己造成極大的精神壓力。

如果對他們而言戰場才是日常生活，自己與其他人的日常生活反而是異常狀況的話，的確，要讓他們習慣日常生活，或許還需要時間。

她馴服那傢伙的時候花了足足五年……而她是怎麼辦到的？

少將正要進一步思索，但參謀長繼續說下去，莽撞地打斷了他。

「你猜他們現在人在何處？舊國境往西一二〇公里。我們這邊可是通宵進軍，好不容易才抵達目前位置，你不覺得很氣人嗎？」

少將察覺到他想說什麼，揚起一眉。

「……真是意外，我本以為你想在這場戰鬥中盡量利用那幾個孩子。」

參謀長一副無所謂的樣子聳了聳肩。

「你似乎有所誤會。我只是認為鋒利好砍的劍應該善加運用，能用得久當然最好……萬一被『軍團』竊用可就傷腦筋了，得早早撿回來才行。」

長久以來總是與「破壞之杖」同行，順便還有「女武神」作伴疾馳戰場，因此兩者皆不在身邊的早晨，令他有點靜不下心。

在開始準備再次進軍的兵營一隅，班諾德伴著唯一從扔下的愛機帶出來的突擊步槍，跟部下們圍坐著，看到葛蕾蒂走來，抬起了頭。

「第二曙暮（BMNT2）時刻開始進軍，你們都準備好了嗎？」

「收到，中校閣下，我們這邊隨時可以動身……畢竟……」

班諾德稍稍舉起機甲駕駛員規格的折疊式槍托突擊步槍給她看。

「就像這樣，我們一身輕便得很。」

七．六二毫米突擊步槍只要打對位置，威力雖然能把成年男性的手腳轟飛，在對付「軍團」時火力仍顯不足。看到傭兵們拿著巧妙應戰的話勉強可對付斥候型或近距獵兵型的武器，還打算上戰場，葛蕾蒂展露微笑。

「你擔心中尉他們嗎，軍曹？」

「我將這句話原封不動還給您，中校閣下。您擔心中尉他們嗎？」

「我已經盡我所能，再來只能相信他們了。」

「說是這樣說，您不是為了保險起見，派人將『女武神』的備用機、彈藥與修理零件，連同整備組員從後方送過來嗎？安排運輸機的事也是，您後來還硬是跟參謀長閣下死纏爛打……」

態度可是強硬到連給人冷酷、精明能幹印象的將官，都無條件投降了。

「哎呀，軍曹不也是嗎？都說你已經沒什麼事可做，可以退回後方了，你卻不聽。」

「那是因為那樣太遜了，小鬼們喊著『抓到大蜈蚣啦』回來，幾個大叔卻喝得醉醺醺，成什麼樣子？將來會被人取笑一輩子的。」

那是可以想像到的，最糟糕的未來景象了。

班諾德從鼻子噴出一股長氣，接著說道：

「……這種大傢伙組成的軍勢大概很有困難，但還是加快腳步吧。中校閣下的『破壞神』雖然機體不錯，但畢竟沒這麼長時間作戰的經驗，搞不好會出些問題。」

「是呀。」

不只「女武神」，任何機甲至少都需要與作戰行動相同時間的整備。雖然機體沒纖細到不整備就立刻故障，但「女武神」實際部署時日尚淺，極有可能還留有未經發現的缺陷。

葛蕾蒂點點頭，然後忽然皺起眉頭。

「不過話說回來，連你們都稱她為『破壞神』啊。」

「比起楚楚可憐的戰爭少女，這個名稱更貼切吧？對於我們這些粗人傭兵來說，還有……」

班諾德看著一臉不滿的中校閣下，故意揚起一邊眉毛。

「那些明明叫他們不要去做，卻還是整天愛亂來的臭小鬼也是。」

『——啊，糟了。』

聽到賽歐在同步另一頭小聲低語，萊登將目光從眼前的斥候型殘骸轉到「笑面狐」身上。

八八毫米戰車砲的激烈砲聲，姑且不論日夜砲火交錯的交戰區域，在無人的「軍團」支配區域，會一路迴盪到遙遠彼方。

因此極光戰隊總是盡可能避免與「軍團」交戰，非不得已必須交戰時，會以近身裝備發動奇襲再進行即時壓制，藉此應對。

遵從這項原則，「笑面狐」踩爛了近距獵兵型，正要從它身上跳下，卻中途停住了動作。

一看，它的左前腳似乎卡在近距獵兵型上了，引爆裝藥打進敵機體內的釘槍收不回來，名符其實地釘在上頭。

『有辦法拔出來嗎，賽歐？』

『嗯——好像有點沒辦法，完全動不了耶……分離好了。』

緊緊卡在厚重金屬裝甲上的釘槍，用驅動器輸出勉強拔掉，會對關節部位造成負擔。一會兒後爆炸螺栓啟動，「笑面狐」留下離開機體的破甲釘槍下來。

「這下子『笑面狐』也受損了……損耗比想像中嚴重啊。」

『……對呀，我跟安琪在昨天的戰鬥中被碎片打中，萊登在被炸飛時也斷了一把機槍……』

大家各自失去了機槍、鋼索鉤爪或破甲釘槍，不然就是受到裝甲破裂、框架變形影響動作等損傷。

看看狀態視窗，裝載於菲多身上的彈匣、能源匣或備用零件剩餘量也開始讓人不放心了。這次突擊作戰原本預定行程不到半天，雖說考慮到孤立的可能性而多準備了一點，但仍不夠供應幾天以上的作戰。

「只有辛沒事啊，不過替換刀刃沒了就是。」

『……不。』

聽到辛的回答，萊登揚起一眉。昨晚露營吵過一架後，他還沒跟辛說上幾句話。

聲調跟平時並無不同，辛這人本來就不愛閒聊，應該也不是有意躲著萊登。

『我這邊也是，驅動系統從昨天就狀況不佳，好像是第一場戰鬥造成太大負擔了。』

「……你還沒改掉老愛弄壞腿部構造的習慣啊？」

共和國那種會走路的棺材也就算了，「女武神」考慮到高機動戰而製作得兼具輕量與堅固，驅動系統居然還會出毛病，到底是怎麼亂用的？

『我想短期間內還能修一修湊合著用，最起碼還不至於不能動。』

「話是這樣說，但是甩動得太過度馬上就會壞掉喔，別太亂來了。」

『……』

這句話他似乎不肯回答，真幼稚。

『——從彈藥與能源匣的殘餘量看來，只能追到明天一整天了。我想應該來得及，但最好還是努力撐到追上。』

聽到這種不太對勁的講法，萊登無奈地垂下肩膀。他還在講這種話啊？

撐到追上。

而不是「撐到與本隊會合」。

「……收到。」

在「狼人」的駕駛艙中，芙蕾德利嘉忽然睜開了「眼睛」。

她的異能可以讓她看見相識者的身影與周遭情景，如同就站在那人的身旁。現在的身影依然不變，過去則來自當時當事人無意識間想起的記憶。

似乎有人想起了去年秋天的回憶。受到共和國強迫，一行人冒死展開突破「軍團」支配區域的行軍。那是本該撐不到一個月就結束的，他們初次獲得的自由旅程。

那是在何處看見的景色？秋意已濃，眼前一片鏽蝕的枯葉色風景。傷痕累累的四足機甲，連外行人看了都覺得寒傖，一穿再穿的老舊沙漠迷彩野戰服，被戰場塵土弄得髒兮兮的。這時旅程恐怕已將近尾聲，他們自己應該也有所覺悟，知道無法再前進太多距離。

即使如此，少年少女都在笑。

他們互開玩笑，聊得起勁，臉色疲憊不堪，卻還在歡笑。

從她的位置，幾乎僅能看見黑髮少年對著她的背影，芙蕾德利嘉只看見他的嘴角，一抹笑意烙印在她眼裡。

即使達成的同時也失去了殺死兄長這個目的，那時的辛，仍然想像著明天前進的道路以及一路所見，能露出笑容。

他之所以再也辦不到，是因為……

芙蕾德利嘉搖搖頭，闔起眼睛。

†

離舊克羅伊茨貝克市七〇公里，在櫟木大樹的森林中，負責巡邏的斥候型發現了那個。

那是總高度約二公尺的某種東西通過，折斷的小樹枝。不是「軍團」，是四足多腳兵器的足跡。

多用途感應器環顧這些痕跡，斥候型向本隊送出報告。

狐步一一三呼叫戰術資訊鏈。

已確認有敵性部隊深入支配區域。

†

太陽從他們離開的東方地平線升起，通過南方天空最後西沉。「女武神」追逐著金烏，奔馳於無人戰地。

困住了「軍團」主力的聯合王國軍，與正在壓制高速鐵路花鷲南路線的聯邦、盟約同盟聯軍，似乎巧妙地吸引了「軍團」們的注意。雖說一行人以辛的異能事先迴避交戰，但多虧於此，從第一場戰鬥之後，他們從未與敵機接觸，在敵境中順暢前進。

在戰地的正中央，奇妙地平穩的旅途中，流過光學顯示器的「軍團」支配區域景觀，一次又一次奪去了芙蕾德利嘉的目光。

森林裡有一塊植物叢生地，藍花成串盛開。陽光穿透茂密樹葉如光柱射下，嫩葉的鮮綠與天藍色花瓣爭相輝耀。

有一座為綠意吞沒的城鎮，自由生長的茂盛雜草穿破鋪石地，行道樹將遭人捨棄的轎車、路標或聖女像吞入體內，多層纏繞的藤蔓拉倒了房屋。在這些生鏽腐朽的物體上面，秋季的纖細花卉百花齊放。

有一個遭人棄置的村莊，可能原本就是這種土質，繽紛的淡色粉彩磚瓦建蓋的房屋宛如童話國度，高聳的草叢本來可能是麥田，褪色的稻草人孤零零地佇立，彷彿苦等著某人回來。

白天他們在建於廢墟都市中央的教堂進行大休息，垂直式哥德風格的大聖堂氣氛莊嚴神聖。高至天花板的花窗玻璃在透明陽光下璀璨生輝，對著早已無人瞻仰的冷寂聖域，投下彩色光影與無窮祝福。

太陽離開中天位置，前進路線上不再有可供藏身的森林或都市，一行人雖知危險，仍衝過沒有遮蔽物的湖畔。

廣闊湖面倒映著遠處的廢棄城堡，透明深藍映照出天空，與白色尖塔以及遍覆城牆的大紅花朵相映成趣。吹過的風在破敗的射箭孔之間颯颯鳴響，以蒼天為背景，黑色的猛禽孤影展翅翱翔。遠遠都能看出牠的羽毛七零八落，卻仍孤身往天際飛去，乘著高空寒風而直上。

靜謐且美麗。

芙蕾德利嘉覺得，自己似乎稍微明白了八六們為何對聯邦的——對人類的存亡，甚至連自己與同伴的生死，都懷抱著極其淡漠的價值觀。

如果遭人驅逐於城市人群之外，生活於戰場，一直以來只活在這種景色中的話。

世界很美。

不需要什麼人類，世界一樣靜謐而美麗。

在這世界上，沒有任何地方非得有人類存在。

其實這個世界，根本不需要什麼人類。

無處安身。

無論何地，無論是誰……任何人都一樣。

太陽最後沉入地平線的另一頭。

這天最後的一道光芒，讓萬里無雲的夕陽天空燃燒似火，在廣大平原刻下長長的影子。遙遠的山脈為南邊天空剪出烏黑邊緣，在彷彿空氣本身染成朱紅的世界中，「破壞神」背後拖著又長又黑的剪影，於草原大海中前進。

草原側面沐浴著朱紅光線，閃耀著泛紅金光，同時又在相反的另一側孕育著昏暗陰影，於風中搖曳。芙蕾德利嘉注視著這片景象，忽然開口了。

好像大海。她說。

如潮起潮落，雖然是滿常聽見的譬喻。

「……汝等有任何人，看過海嗎？」

這句說不上是詢問或獨語的發言，包括搭乘同一機體的萊登在內，沒有任何人回答。

「余未曾看過，也不知有此等景色……盡是些余所不知道的事物。汝等又是如何？」

紅瞳注視著光學顯示器，心酸地瞇細，彷彿渴望著什麼。

「余想去看海，想試試所謂的海水浴。余在恩斯特的蜜月旅行照片裡看過，在南方某地的海邊，有為數眾多的人……一定很好玩。」

聯邦不靠海。

在帝國時期只有一處靠海，但位於北邊國境，是軍港。能享受海水浴之樂的海岸，在附近地區只有鄰國聖瑪格諾利亞共和國的南海岸，或是比盟約同盟更遠的南方國度才有；這些地方全遭到「軍團」阻擋，現在去不了。

一會兒後，可蕾娜輕聲開口說了：

『大海……對耶，我還沒看過。』

『因為大家其實很少有機會離開居住地區，大多都是被送到收容所時，才第一次出遠門。在戰區間移動時，我好像從運輸機上看到過一次，但現在回想起來，似乎又不對。』

『我是沒去過海邊，不過附近有個很大的湖，我以前常去那裡玩……好吧，或許是滿開心的，還有不少人從附近來玩。』

「小學不知道幾年級時，好像有那種例行活動。但還沒參加到，戰爭就開始了……然後就沒了，我沒看過。」

知覺同步中輕聲響起有點稚氣的細微笑聲，不知是誰發出的。

『大海啊……的確很想去看看呢。等戰爭結束後，大家一起去。』

『既然要去，我想去南洋島嶼。就是有珊瑚礁或椰子樹的那種，還有白色沙灘。』

『我也滿想看看反方向的北方冰海呢，而且我聽說氣溫降低時，可以走在上面喔。從這頭走到那頭，說不定很好玩。』

『好吧，總之先看個星海好了。九條那傢伙說過想來個賞月活動，後來一直沒辦。改天我們就辦一場，而且要好好準備。』

雖說是保持戒備的行軍，不過目前一直到周圍相當遠的地方，都沒有敵機蹤影。轉眼間大家就聊開了，東拉西扯一些緊張感有點弛緩的閒話。

在他們當中只有一個人，明明大家都發現他不曾加入話題，卻無人提及。

第二天晚上，他們到了一座過去應為大都市的廢墟，選在構造複雜的綜合展示館紮營。

趁著夕陽完全下山之前，眾人將奔馳了一整天的「破壞神」維修好，當太陽完全西下之時，較早的晚餐也已經用完，再來就只剩睡覺了。

雖說軍隊野營總是只攜帶最低限度的生存裝備，但直接睡在地面或水泥地上會降低體溫，並不妥當。不能獲得充分休息的話，會影響到第二天之後的戰鬥。

因此萊登等人拿出堆在菲多貨櫃裡的簡易折疊床，用毛毯裹身，轉眼間便沉沉睡去。

雖然再怎麼客氣都稱不上好睡，但八六們早已習慣了這種惡劣環境。這是因為在第八十六區的野營當中，真的只拿一塊薄毯過夜並不是稀奇事。

然而對於有生以來除了床鋪的厚厚床墊之外，從沒在其他地方睡過覺的芙蕾德利嘉來說，有點難熬。

在伸手不見五指的黑夜中，芙蕾德利嘉闔眼了老半天仍沒有睡意，終於死了這條心，睜開她那火紅的眼睛。

她扭動著鑽出蓋在身上的毛毯，離開她實在不覺得能叫作床的鐵管帆布組合物，套上小小的軍靴。

矮床彷彿會直接將地面寒氣傳上來，一旁的水泥地上有看都沒看過的蟲子大搖大擺地爬行，讓她心煩。這半年多來抱著睡覺的熊布偶不在身邊，也讓她有些靜不下心。

以直達最高樓層的天井為中心，寬廣的迴廊以及與之相連的大小廳堂，構成了這棟綜合展示館。如今天井頂部的布幕破裂垂落，星辰的燦爛閃光灑落室內。周圍毫無人工燈光，戰場最深處的黑夜對芙蕾德利嘉而言是未知的黑暗。在迴廊另一端的黝暗中，可依稀看見手腳摺疊的「破壞神」，以及傍著它們各自酣睡的人形輪廓。

在意外明亮，形成對比的星光下，今晚第一個值夜的辛抬起頭來。

「——睡不著嗎？」

不是戒備「軍團」，而是野生動物。

特別是遠離人類生存圈長達十年以上，在支配區域深處出生以來從未見過人類的野獸，不會害怕人類。雖說牠們排斥不會分辨人類與野獸——無法區別一定以上大小的恆溫動物，殺戮行為比人類更殘忍無情的「軍團」，因此不會輕易接近金屬與硝煙的氣味，但還是小心為上。聽他們說以前橫越支配區域時，在無法生火的狀況下，都是這樣度過夜晚的。

幾小時輪班一次的值夜工作中，辛分到最輕鬆的第一輪，想必是萊登等人的一番好意。就連睡夢之中，辛都無法避免聽見「軍團」們的聲音，這份職責誰都無法代勞。既然如此，大家想讓他至少睡久一點。

「唔嗯，余並未分到值夜卻不就寢，真是抱歉。怎麼睡就是不舒服……」

辛拿馬克杯裝了即溶咖啡給芙蕾德利嘉，她接過來，走到辛當椅子坐的簡易床鋪，在他身旁坐下。無論是即溶咖啡粉或能用小鍋子燒開水的固體燃料，都是軍用口糧的一部分。用提早吃晚餐時燒的熱水沖泡的咖啡不燙，為了補充戰鬥消耗的龐大熱量而加了大量砂糖，很甜。

辛似乎不怎麼愛吃甜食，不太享受地喝著自己馬克杯裡的咖啡。

「只是覺得與其讓步槍都不會用的傢伙值夜，還不如讓菲多守夜算了。」

「嗶！」

「……菲多，保持啟動狀態會浪費能源匣，所以我不是命令你切換為待機狀態，等我們明天叫你嗎？」

「嗶。」

「…………好啦，隨便你吧。」

光學感應器像點頭般閃了一下，不過菲多的巨大身軀文風不動。大概是打算陪辛醒著，直到他換班就寢吧。看到菲多像個忠心又頑固的僕人隨侍左右，辛又好像被它打敗似的直嘆氣，讓芙蕾德利嘉忍不住輕聲一笑……然後忽然皺起雙眉。

或許只是因為身處戰場，但芙蕾德利嘉感覺包括辛在內，八六們變得更常待在「破壞神」身邊。

四個人影簡直就像依偎著自己的「破壞神」入眠。在灑落的星辰光影下，辛背倚著「送葬者」，將自衛用突擊步槍靠在肩上值夜。就像年幼的小孩子抱著心愛布偶入睡，沒有它就怕黑睡不著似的。

他們夾在「軍團」大軍與迫害、驅逐他們的祖國之間，以明日命運莫測的戰場為故鄉，被迫面對眼前的死亡，迫於無奈必須扭曲地成長茁壯。

也許其實，比起外貌看起來，他們精神上的某些地方，仍一直是稚幼的——……

「……幹嘛？」

「沒什麼。」

要說扭曲，芙蕾德利嘉自己也一樣。她像要逃避與自己同色的鮮紅眼瞳，抬頭仰望星空。

不同於空氣冷冽澄澈的冬季星辰犀銳，秋季群星的光輝是深沉的，如同靜靜地呢喃。淹沒天球的無數恆星，在遠方閃爍輝耀。白日草叢的淡淡熱氣此時匿跡隱形，甜美濃密的花朵芬芳融入星夜黑暗之中。

繁星似雨的花香夜色。

然而看在芙蕾德利嘉的眼裡，這情景只是美，卻冷漠無情。

讓人屏息的滿天星斗也好，花香馥郁的夜色也好，都是因為無人居住此地。只要有人居住，在城市的燈光與喧囂中，微小的星光或花香全都會脆弱消逝。

如同熾熱的沙漠，或衰微的荒野。眼前的這片絕景，與因為某些災害而遭受汙染，變得不適合人居的廢墟，本質上是相同的。

荒涼。

調離視線一看，在空間的角落暗處，可隱約看見一隻遭人捨棄的老舊兔子娃娃，寂寥地掉在地上。

「……這種光景……」

從一開始就身為破壞與殺戮的化身，出於人手的殺戮機械們，或許還無可奈何。

但死去之後受困其中，原本應為人類的……

「就是『軍團』們所期望的嗎？」

芙蕾德利嘉這句話與其說是疑問，毋寧說是自言自語，但辛想了想，搖搖頭。

「很難說吧。」

受困於「軍團」體內的死者臨死之前有什麼想法，即使是辛，也只能從他們最後的聲音做推測。

傳進他耳裡的機械亡靈們的悲嘆，不管是誰，都哭訴著回歸的心願。

「……也許它們什麼都不期望。」

既然它們原本就是兵器——是為了某人的願望，而任人役使的工具。

「那些傢伙是亡靈，不管有沒有吸收戰死者的靈魂。死人本來……就不抱任何期望。」

「汝從何得知？」

「……因為我也一樣。」

險些遭人勒死，撿回一命的自己——某個部分一定仍是死的。

從那晚以來，自己是真的抱不了任何期望。

誅殺了哥哥後，自己就一無所有了。

沒有想做的事，也沒有想去的地方。

之後的事，他想都沒想過。

辛調離視線，不去看仰望自己的豔紅雙眸。

如今他不得不產生自覺，知道自己是在逃避。

「至於大海……」

出生於共和國首都貝爾特艾德埃卡利特，在被送到強制收容所之前，從未踏出那裡一步的辛，也沒看過海——沒看過被「軍團」奪走的景色。

「我不會想看，也沒有特別想做的事，或想去的地方。雖然我並不因此感到困擾……但在傍晚那時候，我發現就連那點程度的『想做的事』我都想不到，是有一點奇怪。」

連那點芝麻綠豆般的，只是想到什麼就說什麼，無關緊要的願望，他都真的完全想不出來。

去年晚秋，他們沿著與這次相反的方向在支配區域中前進，那時好開心……對，他想，那時候應該是很開心。看見如今不為人知的自然絕景，經過城市村鎮時接觸到陌生的風土民情，這些事令他們駐足，或是過門不入，每次都能夠由自己決定、前進，初次獲得了完全的自由——辛記得那時候，自己就跟同伴們一樣，只是純粹地樂在其中。

因為他以為遲早會結束。

因為他以為總有一天，會走到旅途的盡頭。以為自己會到不了任何地方，在不為人知的狀態下，直接拿有缺陷的鋁製棺材當成臨終之床，在戰地盡頭死去——

然而自己卻受到哥哥搭救，得到聯邦收留。意想不到地存活下來，結果放在眼前的，是未曾設想的長遠未來。對於本該不久於人世的他來說，那實在太過漫長，目標太過遙遠。

得到的「自由」，無法想像的冥茫——對於沒有血統、故土可依靠，也沒有指引可作為目標的自己來說，這太過巨大的空虛……令他害怕。

這點同伴們應該也是一樣，但他們在空虛當中，卻發現了些微的願望。

沒有願望，等於沒有活著。

沒有期望的事物，等於沒有求生的意志。

看來只有自己——還沒能好好活著。

「——我不是妳的騎士。」

辛重複了在一個半月前作戰決定後，自己對芙蕾德利嘉說過的話，繼而輕嘆一口氣。

「我明知道是這樣，卻……抱歉，我拿了妳的騎士當藉口。」

沒有可求取的目的，只為返回戰場而找藉口。

「雖然我仍然想走到最後一步，這點並沒有變，但哥哥已經不在我的目標之中了。目前，我認為我想要一個新的目標，用來代替舊的。」

芙蕾德利嘉用鼻子哼了一聲。

「余認為不只如此。」

「……？」

「汝必須知道自己弄錯了看鏡子的方式，汝的性情並不如汝所想的那般冷酷。汝大可一句話『與我無干』置之不理就是了，然而一旦有人向汝求助，即使是亡靈，汝都無法視若無睹……真是個爛好人死神。」

她固定視線，注視不在這裡的遠方某處，呢喃般地說了。

「至少余——是因為汝回應了余，才能為齊利做解脫。」

芙蕾德利嘉的目光，始終對準她那在暗夜彼端持續吼叫的騎士。

「那受困於戰場的幽深之處，哭訴的模樣令余哀憐，余希望讓他解脫……希望讓自己脫離永遠看著他悲嘆的命運。汝又是如何？」

「……不。」

辛只希望埋葬在戰地最深處不停呼喊的聲音。

從不曾想過——讓它們消失。

「余也是……」

這時，芙蕾德利嘉用泫然欲泣的表情，笑了。

「余害怕齊利遭人討伐。」

她說……

她害怕失去——

「余在這聯邦是個沒人要的孩子，在這改為共和制的國家，僅僅活著都會成為動亂的火種，如同災厄之子……余消失，對誰而言都好。」

聯邦雖從獨裁轉變為民主共和制，然而過去獨攬大權的前貴族至今仍坐擁潛在勢力。辛來到聯邦不滿一年，除了軍隊幾乎一無所知，卻也感覺得到這點。軍階越往上升，軍官結構越是充斥著各民族的貴種，夜黑種與焰紅種這二色更是占了將官的大半。

一旦女帝存活——顛覆國家的大義名分仍在，讓野心勃勃的人知道了……

「即使如此，為了有朝一日能討伐余之騎士，余認為自己必須活下去，然而……一旦齊利遭人討伐，此種藉口也就不復存在。這——令余害怕。」

「……」

即使如此。

仍然必須讓他安息——必須贖罪，否則無法繼續前進。

「……汝此時恐懼著不敢前進，是因為汝正試圖正確地注視未來，試圖正視充滿艱難險阻的將來方向。這並非可恥之事，而如此短暫的期間，汝可將共同前進的同伴們當作支柱。所謂同伴……人與人之所以相知相守，正是為此。」

「……萊登也這樣講過我。」

忽然間。

冰冷的念頭刺進胸口。

就算眼下這一刻是這樣好了。
我們的死神。
那些曾這樣叫過自己的人。
總有一天，也會……
「明明會先走一步……是嗎？」
「……？」
「……沒什麼。」
含糊帶過的話語，就這樣散落在深更黑夜中，消失無蹤。

†

第一曙暮時刻。
在太陽尚未露臉的黎明時分，齊利亞偵測到僅稍許照亮周遭的微光，從待機狀態中覺醒過來。好似群劍如墓碑豎立地表的古戰場，變形扭曲的重砲砲身林立於薄曉的漆黑草原。放眼望去，它那些收起翅膀休息的子機也同樣醒轉過來，振翅聲如漣漪般擴散。
掃蕩作戰的時刻到了，與夜色一同隱蔽它存在的成群阻電擾亂型退離上空，歸它指揮的「軍團」們遠從數十公里外的戰場傳來動身的氣息。

敵軍勢力感覺尚未有動靜。雖然拂曉攻擊是尚無雷達或夜視裝置的時代老舊過時的常套戰術，但對付兩者皆有所匱乏的敵軍依然有效。

斥候型的觀測情報送出，配合這個動作，它望向在十幾公里前方，憑著光學感應器只能從地平線微微看見頂部，以裝甲板與水泥構成的建築物。

『蒼白騎士呼叫無面者，即將開始掃蕩作戰。』

不眠的自動機械即刻做出回應。

『無面者收到——廣域網路有訊息傳達。』

……嗯？

『已發現入侵支配區域的敵性部隊。狀況整合之下，推測應為貴官所追蹤的對象——因此，隨後將於貴官的作戰區域附近實行探索行動。』

齊利亞腦中，落下一個無聲的冷冷嗤笑。

『——收到。』

果然追來了啊，我的同胞。

火花即將升空，在那之前——你快過來吧。

†

「——走吧。」

作戰第三天，不論會是何種結果——今天都是最後一天。

在破曉的蒼茫夜色中，「破壞神」流星趕月地奔出廢墟都市。

由「送葬者」帶頭，部隊組成非正規的楔形隊形。一行人在破破爛爛的褪色五色旗飄揚的大街上，踩踏著玻璃與水泥碎片，跨越傾頹的女性雕像疾速奔馳。

霎時間，西邊天空發光了。

接著在遠方傳來著彈的衝擊力。猛轟的集中砲火，使得塵土在地平線另一頭沉重而濃厚地飛揚。

『似乎……不是電磁加速砲型。我看是長距離砲兵型喔。』

『打得滿偏的呢……可是，那個方向又沒有聯邦軍本隊，到底是要打誰……』

安琪說到一半，包括她在內，霎時間，所有人倒抽了一口氣。

因為追逐著漫天塵土，一片紅蓮火海擴展開來，染紅了著彈地點的天空。

『燒夷彈……！』

這種砲彈在彈殼內充填了混合黏稠劑的燃料，於著彈的同時散播燃料點火，以燒燬對象為目的。

由於共和國與聯邦皆以延燒性低的石造建築為主，「軍團」很少使用這種武器，不過這種砲彈比其他任何彈種更受人排斥。高黏性的燒夷彈（凝固汽油）填充燃劑具有黏附在對象表面持續燃燒的特性，而且基本上無法以水澆熄。一旦有人運氣不好被潑到，下場將極其悲慘。

天空再次發光，大樓的縫隙間，地平線上的朦朧森林樹梢在一瞬間內起火燃燒。

『該死！想放火把我們逼出來是吧！』

「軍團」必定是發現了己方存在深入敵境的痕跡。

就算「女武神」屬於最新型機體，也無法在熊熊燃燒的大火中行軍。不只冷卻系統撐不住，在消耗大量氧氣燃燒的燃劑烈焰中，駕駛員遲早會窒息。

第三波射擊來了，火勢在更近的位置出現。敵軍把能潛藏的地點，以及可作為移動路線的地形，一個不剩地全部擊潰。

『辛！』

「只能出戰了。全體人員準備戰鬥，三百秒後與第一隊接觸。」

辛確認附近一帶的「軍團」位置，離開平原後，選擇遭遇敵人最少的路線，在廢墟都市中疾走。長距離砲兵型發出咆哮，砲擊要來了。一察覺到這點的瞬間，他們剛剛身處的廢棄都市立即成了目標。

砲彈落在極近距離內，行道樹被打個正著，一瞬間便成了火球。再怎麼難以燃燒的活樹，遇上燃燒溫度足足高達一三〇〇度的燒夷彈烈火，一刻也支撐不了。

泥濘般的燃劑（凝固汽油）接連潑灑下來，火舌舔舐氣化的表面，附近一帶轉瞬間化為火海。拂曉夜色封鎖下的都市為業火所籠罩，舞動著黑影與紅焰。

老舊大樓隨著延燒火勢倒塌，一行人驚險萬分地衝出市區。

『被發現了！』

在遙遠的地平線附近，斥候型的剪影將感應器朝向他們。緊接著「神槍」以砲擊摧毀敵機。即使如此，恐怕八八毫米砲的砲聲還來不及迴盪，周邊部隊會先藉由資訊鏈傳達情報。

下個瞬間，翻越至今藏身的地平線，宛若烏雲的大軍鋪天蓋地湧出，就連萊登也不禁屏息。

『數量也太多了吧……！每次都這樣，像群蟲子似的冒出來一大堆！』

「大概表示電磁加速砲型真有這麼重要吧……左翼較薄弱，我們以最大戰速突破。」

『……收到。』

火焰與火焰相互混合喚來強風，火災融合形成的上升氣流將萬種灰燼捲上高空，大量塵埃使得上空的水分子凝結成雨。

在被灰塵弄成淡黑色的滂沱大雨中，「破壞神」翻越平原，在低矮山地上披荊斬棘，一路疾馳。

燒夷彈達成了目的，雖然停止砲擊，榴彈砲的鋼鐵豪雨仍混雜於驟雨之中，一刻不停息地降下，不帶足音的鐵灰身影在綠蔭另一頭若隱若現。

地勢高低不平，樹根與枝椏交相錯綜的山野阻擋了重量級戰車型入侵，但機體重量相近的斥候型沿著「破壞神」走過的路直線追來。透過灌木叢與枝葉的狹縫，在視野下方的懸崖底下，可以看到戰車型編隊似乎以資訊鏈互通消息，掌握到己方的位置，取道地勢較平坦的河床一路追來。

『——辛，還剩下多少距離？』

「直線一萬五千，對方移動了少許距離，又停住了……雖不知道它有何打算，總之我們趁這時候拉近距離吧。」

芙蕾德利嘉說道：

『他似乎有所企圖……不過這究竟是何種地點？一字排開的盡是固定式砲台，如此怎能支援前線……』

說到一半，芙蕾德利嘉心頭一驚，倒抽一口氣。莫非是……她講到一半閉上了嘴，但辛沒多餘精神追問。

『下面！要打過來了！』

下方的一輛戰車型旋轉砲塔，一二〇毫米的砲口朝向他們。它讓前面二對節肢跳起，硬是採取了不擅長的仰角，戰車砲發出咆哮。

「……！」

砲彈命中懸崖斜坡，位置在楔形隊中排的「笑面狐」與後排的「雪女」之間地面的下方。整塊掀飛的泥土伴隨著衝擊波向上爆發，緊接著就像給人臨門一腳，長距離砲兵型發動砲擊。連堅固建造的戰壕都能一擊轟成砂土高山的一五五毫米榴彈炸開，使得支撐山野濕滑土地的樹根整條斷成一截一截，吹飛出去後向下崩落。

『啊……！』

「雪女」遭受這場崩落波及，滑落山谷。

『安琪！』

『……我沒事，機體沒受損……可是……』

她一路滑落到十幾公尺下方，那裡又是一片平地，「雪女」一邊拔出埋在沙土下的腳尖，一邊回頭。

鮮紅色光學感應器迅速掃視崩塌的斜坡，跟著往左右微微晃了晃。「破壞神」的光學感應器操作是眼動追蹤型，應該是機內的安琪輕輕搖了搖頭。

『抱歉，我恐怕爬不上去了，就待在這裡拖延敵人腳步吧……菲多，備用的飛彈莢艙有多少都留下來！』

菲多緊急煞車，差點摔倒，打開背部貨櫃，讓收納其中的飛彈莢艙順著坍方的斜坡往下滑。

四架「破壞神」不多留戀，跳過一個個尚且完好的立足處，繼續疾馳。斥候型窮追不捨，躲掉砲擊後部隊散開，沿著其他路徑繼續追來。不能在這裡停住腳步。

菲多順著蜿蜒道路追上來的同時，後方河床近處連續傳出爆炸聲。那是在目標上空散播，啟動了雷管的反裝甲榴彈咬住戰車型的弱點——上部裝甲的聲音。接連著第二發、第三發，從其他方位迴盪出相同聲響，「破壞神」即使在山中險路仍衝出時速超過一百公里的巡航速度，轉瞬間就連這種震耳巨響都拋諸腦後。

這點在巡航速度上遜色的斥候型應該也是一樣，然而以資訊鏈相連的它們，一判斷自己會被拋下，似乎立刻請求其他部隊繼續追趕。辛的異能感覺得到，此時仍在前方幾公里地點巡邏的「軍團」集團轉換了方向，預測出己方的前進路線並試圖前來攔阻。

透過知覺同步，賽歐也聽到了同一陣聲音，冷哼了一聲。

『還來啊？真煩……距離還有一萬，繼續被它們追著跑的話，在對付電磁加速砲型時會很礙事吧。』

一行人穿越灑落淡墨色雨水的烏雲之下，跑下緩坡穿過山地。如同黴菌繁殖般侵蝕山腳，壯麗而瀟灑的石造小城廢墟在那裡鋪展開來。他們入侵廢墟，疾馳而過。

一跑出大道的瞬間，擔任殿軍的「笑面狐」調轉了方向。他配合著轉半圈的動作，讓鋼索鉤爪卡進旁邊的大樓，順勢旋轉機體，使出一記橫掃。在九年的歲月裡日漸劣化，柱子又遭到準確破壞，大樓發出轟然巨響，倒在大道上。

這使得殿後的「笑面狐」與先行的「破壞神」分處兩地。

「軍團」感測到崩塌的震動與震耳巨響，開始往震源移動。賽歐聽見了，犀利地一笑。

『這後面又是平地吧？不在這種地方，我就派不上用場了，所以我在這裡當誘餌吧！……我會盡量吸引它們的注意，所以之後就拜託你們嘍！』

†

深入區域的小隊分成兩組。

雙方都由周邊部隊成功捕捉，目前正在交戰。

『……收到。』

接到廣域網路傳來的報告，齊利亞忍住無奈地想嘆氣的心情。只是真要說起來，它別說用來呼氣的嘴，連肺都沒有，所以就算想嘆氣也辦不到。

竟然被不值一文的小嘍囉逮到，身為諾贊家族成員，真是不成材。

話雖如此，他捨得拿同伴殿後、當誘餌，寧可榨乾自己人的性命也要追殺敵機，這種冷酷倒是值得讚賞。

與報告內容大相逕庭，它那以廣範圍、高精密度為傲的對空防衛用雷達，此時仍捕捉到一群敵機接近。既不是在山地與戰車型開打的敵機，也不是在廢墟裡四處逃竄的那架，是廣域網路未辨識到的第三隊。機體數量四，從反應研判，其中三架應為聯邦的新型機甲。

『——蒼白騎士呼叫廣域網路。』

這可是與同胞的意外邂逅。

怎能讓不知趣的烏合之卒從中作梗？

『即將實行規定的砲擊程序，今後將關閉通訊，直到完成程序。』

它刻意不將取得的資訊傳送給網路，只告知這些後就切斷連結。

話雖如此——對方也帶著礙事的人。

總之，先把那些傢伙拉離他身邊吧。

†

『——快躲！砲火要來了！』

芙蕾德利嘉的尖叫在知覺同步另一頭響起，同時電磁加速砲的嗟怨聲也更加高漲。

辛反射性地把操縱桿一拉，下個瞬間，砲彈命中大幅跳開的「送葬者」的側面位置。超音速砲彈蘊藏的衝擊波將機體彈飛，吹散的土塊如散彈般毆打裝甲。

「……！」

又是一陣砲擊，丘陵如海洋捲浪翻波般起伏的黎明草原上，好似機槍的彈幕——不，貨真價實的連續砲擊彈幕接連不斷地轟炸，三架「破壞神」翻滾著散開。

連速射都辦得到？——不對。

「是近戰防禦裝備吧。」

在共和國第一戰區的戰場上，即將抵達聯邦支配區域的前一場戰鬥，以及炸飛西方方面軍前進基地的集中砲火。比起以往目睹過的那些電磁加速砲砲擊，這次的砲擊威力明顯較弱。

輔助電腦算出的初速，一樣是秒速八〇〇〇公尺。應該是彈頭質量──口徑比主砲小，相對地配備了速射功能的機砲一類吧。看來就連擊落飛彈的對空近戰防禦裝備，電磁加速砲型都是用磁軌砲構成的。

辛有些苦澀地想，以結果來說，讓芙蕾德利嘉跟來是對的。

這架電磁加速砲型是她的騎士，比起自己，芙蕾德利嘉能更早察覺它的攻擊徵兆。目前相對距離約莫七〇〇〇，對付擊發後不用一秒就能著彈的電磁加速砲，芙蕾德利嘉在這場戰鬥中會成為可貴的優勢。

鎢合金彈雨蘊藏著超高速帶來的致命性動能，一刻不停息地掃蕩了戰地。

跳躍、抽身跳開、於地面翻滾──面對接連來襲的猛烈砲擊，三架「破壞神」用上所有技巧與直覺連續閃避。要是被這種彈速的穿甲彈打中，鋁合金製的「破壞神」裝甲不用說，就算是「破壞之杖」的裝甲也撐不住。除了不停躲避之外別無他法。

『這傢伙……！』

趁著預防砲身過熱而短暫停止射擊的幾秒時間，可蕾娜嘖了一聲，架起「神槍」的狙擊砲。

可蕾娜運用除了她以外誰都模仿不來的精密技術，瞄準山丘另一頭的敵機，發動砲擊。本該繼續轟炸的彈雨彷彿畏縮般停止。

『我來引開敵人，你們趁現在快走！我打的是散彈，造成不了多少損傷！』

可蕾娜又打出幾發牽制射擊，擊出最後一發的同時往旁——往遠離「送葬者」與「狼人」的方向跳躍幾次，大幅拉開距離。飛來的彈幕橫掃「神槍」原本的所在位置，追趕著開砲還擊的「神槍」，離火線越來越遠。

『快走！』

「——拜託妳了。」

這時，可蕾娜有些驕傲地笑了。

『包在我身上。』

†

在丘陵的另一頭，敵機發動的砲擊不曾止息。

從砲擊的間隔來看，敵機數量為一。雖然對方進入丘陵的背光處而在雷達上失蹤(LOST)，但最後確認的時候，敵機四架都還在。

這樣下去，會有不速之客跑來這裡。而且同時對付這隻狙擊手與其他敵人也很麻煩，必須盡早除掉。

齊利亞抬起上身，扭轉身體，將光學感應器朝向後方。

啪哩一聲，藍白色蛇狀電流竄過既長且大的砲身基座。

†

沙！強烈的雜訊在剎那間攪亂了光學顯示器的螢幕畫面。

『怎麼搞的……？』

「我看不是電磁干擾一類，好像就只是電磁波……」

說到一半，辛察覺到了。

電磁加速砲是憑著龐大電力，讓彈體加速的投射兵器。

砲擊時當然——會對周遭一帶散播強烈電磁波。

電磁加速砲型的淒厲尖叫開始高漲。

「——可蕾娜！夠了，快逃離那裡！」

丘陵對面發出閃光，在他們離開的後方，高空發出轟然巨響。

『可蕾娜！』

『呀啊啊啊啊！』

那聲音就像某種東西——例如巨大砲彈在空中自爆成碎片，高速墜落造成的風切聲與衝擊聲。

「神槍」的雷達回波光點消失，與可蕾娜的知覺同步也同時中斷。

兩人都閃神了一瞬間。

趁著這個破綻，電磁加速砲型的近戰防禦裝備發出咆哮，扇形火網橫掃天空。

超音速的金屬箭矢一時將淡藍天空染成鋼鐵色，化作斜向驟雨當頭灑下。

沒那閒工夫閃躲了，兩人情急之下讓機體伏地，極力減少承受砲彈的面積。即使如此，砲擊仍擦過左前腳，該部位的裝甲彈飛開來。

『嗚……！』

『萊登！』

聽見壓抑住的痛苦呻吟與芙蕾德利嘉的尖叫，正要讓「送葬者」站起來的辛停住了手邊動作。往那邊一看，只見「狼人」同樣趴在地上，卻沒能爬起來。

「……受傷了啊。」

不是詢問，而是確認。知覺同步是相連的，但機體損傷得很嚴重。機體右側的兩條腿都炸飛了，撕開的裝甲裂痕明顯深及駕駛艙。

照那樣看來，裡面的人不會沒事。

『他……他是為了保護余。』

『死不了人啦，只是……抱歉，我也要在這裡脫隊了。』

腿腳部分多少受點損傷仍然能動，是多腳比履帶優越的地方，但失去同一側的所有腿部，就實在動不了了。

……與其讓她待在沒剩多少戰鬥能力的「狼人」裡，這樣或許還比較好。

「菲多，讓芙蕾德利嘉坐你身上。」

菲多匡啷匡啷地走過去。可能因為跟著他們時有保持距離，菲多似乎沒受到砲彈直接命中。即使如此，腿部動作還是有點不靈活。不知道是砲彈碎片還是衝擊波所導致，總之是受了點損傷。

辛很清楚對一架這種狀態的非武裝收垃圾機來說，他要下的命令太嚴酷了，但還是說道：

「假如我被打倒，你就帶著芙蕾德利嘉折返。不用考慮回收其他人，你一定要把這傢伙帶回聯邦。」

「嗶。」

『辛耶！』

菲多彷彿嚴肅頷首般回以電子聲響，芙蕾德利嘉出聲抗議。辛沒理她，繼續說：

「妳雖然害怕失去，但仍然想救他，不是嗎？既然這樣，妳就得活下去，完成這個目的。」

『……！』

辛感覺到芙蕾德利嘉抿緊嘴唇點了點頭。「狼人」的座艙罩霍地掀起，嬌小身影跳了下來，跑向開啟貨櫃的菲多，鑽進機內。

辛對著駕駛艙中舉起一手的高個子身影，明知對方看不見，仍點點頭。

『你可別死喔。』

「……嗯。」

留下只在口中喃喃自語的聲音，辛操縱唯一剩下的「送葬者」急速奔馳。

距離剩下三〇〇。

他繞完最後一座丘陵。

眼前鋪展開來的，是一整面的碧藍。

第九章　懇求降臨（Veni, veni, Emmanuel）

碧藍色彩的真面目是蝶翼。

數不勝數的蝴蝶張開金屬質地的碧琉璃翅膀，將放眼望去整片草原塗成了一片青碧。它們類似阻電擾亂型，並且與發電機型率領的機型相同，是具有太陽能發電板翅膀的「軍團」——發電子機型。

宛如結凍的蒼穹破碎灑落、堆積而成的機械蝶群，在日出遲來的拂曉天青色微暗中，一齊鼓動碧藍翅膀。

面對踏入領域的白鋼蜘蛛，它們彷彿感到畏懼般飛起。可能是過去戰鬥留下的痕跡，無數重砲的砲身如墓碑聳立地面，琉璃光彩的漫射如花瓣漫天飄舞，而在它們的後面……

像在挑釁神話中的巨龍也不過如此，那既長且太的身軀背負著長達三〇公尺以上的砲身，一架「軍團」立於四線鐵路的八條鐵軌上。

那副威儀，不負往昔人類最後相爭的大戰晚期曾使用過的史上最大火砲——列車砲之名。漆黑裝甲模組宛若龍鱗，構成砲身的磁軌好似一對逆天長槍，相當於頭部的位置點亮幽藍如鬼火的光學感應器，六門近戰防禦裝備——四〇毫米六管連發機關砲（火神砲）在砲擊高溫下，縷縷熱氣向上升騰。

量產型「軍團」當中體型最大的重戰車型都要相形見絀，總高度十一公尺以上，全長超過四〇公尺的龐然巨軀聳立於黎明天空下。銀線複雜織就的四片翅膀很可能是散熱用構件，隱約透出淡淡星光朝天張開。

電磁加速砲型。

它的光學感應器與火神砲，即刻朝向自丘陵暗處一躍而出的「送葬者」。敵機應該沒能偵測到潛藏於丘陵暗處的自己，卻似乎毫不輕忽大意，嚴陣以待，動作極其乾淨俐落。不過……太天真了。

辛展開第二次跳躍，著地的同時踩緊急煞車。設想到高機動戰而設計得兼顧輕量與堅固的驅動器發出擠壓聲，敵機原本猜測「送葬者」會移動而將火神砲對準其即將前進的位置，卻遇上這種出乎預料的機動動作，不知如何應對。

只有光學感應器的焦點，白費力氣地轉向「送葬者」。

一感覺到視線相交的瞬間——辛早已瞄準妥當，扣下八八毫米砲的扳機。

†

怎能做出那種動作——！

在它的子機——發電子機型碧藍光輝的那一頭，敵機用野獸狩獵的靈敏身手一躍而出，那種機動動作令齊利亞內心咋舌。

敵機先是朝斜前方壓低姿勢犀利一躍，接著在空中一面轉換機體方向一面著地，同時緊急煞車。就連過去身為帝國最強戰士家族的成員，駕駛過專用機甲的齊利亞，看到這種要命的機動動作，都懷疑裡面究竟有沒有駕駛員存在。然而八八毫米砲的瞄準卻準確無比，緊咬自己不放。

異形機甲既像一閃而過的純白惡夢，又像尋覓自己的失落首級，四處爬行的白骨死屍。畫在座艙罩下方的，是扛著鐵鏟的無頭骷髏個人標誌。

啊啊。

溢滿而出的思緒分明冷靜透徹，卻又帶有狂喜，不知為何，還帶有一絲安心。

果然是你。

果然只有你，能抵達我的面前。

這才像話。

它覺察到對方扣下了扳機。

鍛煉得銳利過頭而冰冷，但彷彿呼吸般輕鬆自然的殺意，就算隔著雙方的裝甲與三〇〇〇公尺的相對距離，齊利亞仍能辨識得一清二楚。

就是要這樣才有意思。

†

「……還太淺了嗎。」

看到即使一塊裝甲模組噴出黑煙，電磁加速砲仍穩穩站立，辛喃喃自語。砲彈沒能貫穿到內部，著彈時的爆炸火焰也太大了。

是爆炸反應裝甲，它會對成形裝藥彈的爆炸產生反應，引爆裝甲表面的炸藥，利用爆炸波吹散成形裝藥彈的金屬噴流，藉此防禦穿甲效果，屬於一種特殊裝甲。

這對「軍團」來說等於是命根子。重砲的常規是只要有單薄裝甲能防禦榴彈片就算不錯了，但這架敵機似乎刻意忽視這點，加裝了相當堅固耐打的裝甲，絕不毀於敵人之手。

成形裝藥彈無效，照這樣看來，就算從常識上的有效射程距離擊發高速穿甲彈，也打不穿這架機體的裝甲。

話雖如此，但就這點來說……

跟他們用那架鋁合金的會走路的棺材，對抗戰車型或重戰車型時沒什麼不同。

視線與殺意朝向這邊，龐大身軀重量太重，無法從鐵軌上下來，維持著原本方向，只有六門機砲像獨立生物般旋轉。

要打過來了。辛甚至已經不假思索，用反射性判斷讓機體往左轉。緊接著是一陣砲口火焰，只見「送葬者」右側的地面就這樣被機槍彈轟碎。辛以眼角餘光看見這一幕，果斷地讓機體掉頭，閃避第二門機砲的掃射，接著跳開躲避追來的第三波射擊。

火神砲能憑藉六管連發砲身與超高發射速度展開濃密彈幕，但也因此需消耗大量彈藥，容易過熱。換言之，它無法進行長時間掃射。六門機砲交互展開彈幕，「送葬者」用細微跳躍與緊急煞車織就令人目眩神迷的高速機動動作，在敵機槍線的狹縫間前進。

無論是砲擊震撼五臟六腑的沉重咆哮，還是超高速砲彈破風的尖銳叫喚，都不能撼動更增冷酷的血紅雙眸。冷硬而不帶感情的冰凍紅瞳，只反彈著光學顯示器與全像式視窗的微光。

在環境極其惡劣的共和國第八十六區連戰數年的經驗，儘管有著某種程度的差距，還是會將當地倖存的八六們的意識優化為最適合戰鬥的狀態。特別是在戰鬥之中，每個少年少女的人性都受到削減，諷刺地變得與對峙的「軍團」相同，淪為無所畏懼、不知疲倦的一架戰鬥機械。

尤其是擅長近身白刃戰，在最前線與眾多敵人交手過的辛，這種性質格外顯著。

辛為了穿梭於槍林彈雨之中，被迫將精神集中至極限，完全失去了一般人的一切性質。糾葛、懊惱、哀悼、悲嘆。戰鬥行動不需要的所有思考與情感，都被他凍結、忘卻於意識底層。

冰封的內心一隅平靜地覺得，這樣很輕鬆。

戰鬥的時候，可以不用想東想西。

可以忘記一切。

他覺得那樣最輕鬆不過。

辛覺得似乎能稍微體會阻擋眼前，未曾謀面的騎士——為鬥爭與殺戮所瘋狂的亡靈，其癲狂從何而來。

沒錯，因為只要變成那樣……就能解脫。

槍線通過彈幕的隙縫。

為了冷卻機件，左後側的機砲暫時停止射擊。系統追蹤辛的視線自動鎖定目標，瞄準標誌一轉紅，他立刻扣下扳機。就算電磁加速砲用再堅固的裝甲保護自己，機砲也沒加上裝甲。

機件被成形裝藥彈打個正著，火神砲炸成碎片。暗紅業火與外洩電光刺破魚肚白的天空。一群發電子機型驚慌失措般飛起，「送葬者」斬裂碧藍群舞與自己製造出的槍口火焰，疾速奔馳。

距離二〇〇〇。

這是以直接瞄準為主的戰車砲——八八毫米砲的攻擊距離。

靠得這麼近，就與對付戰車型或重戰車型的戰鬥無異了。因為在這個距離下，無論是初速每秒一六〇〇公尺的戰車砲，或是每秒八〇〇〇公尺的電磁加速砲都一樣，一旦被瞄準就別想逃。由於距離太近，火神砲也張不開彈幕。腳程再快也沒有戰車型那種怪物級的運動性能，反而因為那座巨砲與擊發機構弄得整個機體龐大無比，更容易當成槍靶。

辛一面閃避執拗撒下的橫向彈雨，一面自左側面接近。左右各三門的火神砲，只要從側面接近，電磁加速砲本身的龐大身軀就會形成阻礙，使得另一邊的三門砲完全無法射擊。

全機砲有一半遭到封殺，如果這樣還要維持相同密度的掃射，除了加快循環速率別無他法。最後可能是砲彈射盡了，一門機砲陷入沉默。另一門砲由於無暇冷卻機件，發生過熱現象而爆炸破裂，噴出黑煙。

相對距離，一〇〇〇。

†

雖說混入了魔女之血，但或許該說真不愧是諾贊家的嫡系——其最後一人。

面對火神砲布下名符其實每秒百發的彈幕波狀攻擊，白色機甲竟能鑽過在那之間不見得存在的縫隙疾馳，令齊利亞內心無法不驚嘆。

他能看穿比剃刀刀片更細薄的生死界線，冷靜地奔馳其上。不只如此，還有著封鎖、削減己方武裝的狡猾智慧，以及絲毫不讓這一切受到怯弱所蒙蔽，令人生畏的果斷勇敢。

若是身在帝國——若能共同陪侍那一位主人，也許帝國如今仍在父輩的土地繁榮昌盛。

若能擄獲此人，吸取他的能力……

身為「軍團」指揮官機的戰略性判斷潛入思緒，齊利亞嗤之以鼻，將其斥退。活捉比單純擊斃要來得費力，敵人強悍時更是如此。

相對距離為一〇一二公尺，對方持續靠近。的確，這樣判斷是對的。八八毫米砲比起時下主流的一二〇毫米戰車砲口徑偏小，即使在這種距離之下，也打不穿齊利亞構造堅固的裝甲。

話雖如此，他那種粗率的接近方式……

簡直像急著尋死的那種魯莽……

再怎麼說，也未免有勇無謀了點吧？

†

菲多藏身於丘陵地，芙蕾德利嘉待在它的貨櫃裡，用她的異能靜觀兩人戰鬥。

她還在帝國最後堡壘的時候，「看」過好幾次近衛騎士們的戰鬥。

近衛騎士除了齊利亞，還有其他擁有諾贊之名的人。

她看過好幾名過去被譽為帝國最強戰士的家族成員，駕馭專用機甲進行的驚人戰鬥，然而比起他們，辛的表現尤其出色。

辛有著血脈相傳的素質，以及與生俱來的才能，又在超過五年的生死之戰中經過淬煉，塑造出別說當代，就算在歷代諾贊家族當中，也堪稱首屈一指的實力。

至於他本人是否希望如此——已無人能夠得知。

假如生前……還是個人的齊利亞與辛對戰，即使有著四歲的差距，恐怕仍是辛會獲勝。

然而，現在的齊利亞已非活人。

而是具備了四〇〇公里的超長射程，與口徑八〇〇毫米的高威力主砲，以勝過「破壞神」的強韌裝甲與火神砲武裝自己的戰略兵器。

用專精近身戰鬥的「送葬者」去對付他，本來是會大大吃虧的。

「送葬者」每次嘗試接近對手都被迫抽身跳開，但仍名符其實地鑽過火線隙縫，不停前進。只要在判斷或機體操作上稍有差錯，遊戲即告結束。光是旁觀都讓芙蕾德利嘉心臟陣陣絞痛。

「……嗶。」

貨櫃不規則地搖晃，是菲多靜不下心，在原地踏步造成。看到主人對付鋼鐵巨龍，單騎果敢進行有勇無謀的突擊，忠心耿耿的「清道夫」或許很想撲向戰場，將身軀暴露於敵方火砲之下，誘使電磁加速砲型露出破綻。

它之所以沒這麼做，是因為芙蕾德利嘉坐在裡面。

如果有個萬一，你無論如何都要帶她回聯邦——因為唯一僅有的主人如此命令過它。

「……抱歉哪。」

「嗶。」

菲多的反應就像一隻好脾氣的獵犬，讓芙蕾德利嘉忍不住苦笑了一下。她想至少必須見證整場戰鬥，於是再次集中精神於「眼睛」……

忽然間，她注意到了。

諾贊的騎士們過去都是駕駛不同於「破壞之杖」的專用機甲，而且因應各人要求進行調校。輕裝甲、高機動型的「女武神」從帝國到聯邦的機甲開發史當中，屬於不合時節的奇花異卉。無論聯邦或是帝國，都以重視重裝甲與高火力的重量級機甲為主流。

齊利亞等人過去運用的專用機甲也不例外。

厚重的複合裝甲，搭配沉重的一二〇毫米戰車砲，以堅固耐用的極重框架與驅動系統支撐著它們。齊利亞駕駛這種重量級的機體，卻能以大輸出的動力系統與培養出來的本領躍馬揚鞭，在最前線蹂躪敵兵，這就是他過去的戰鬥方式。

一番話重回腦海。那是回憶起來恍如隔世，認識當天就不幸離開人世的，辛的少年戰友說過的話。

——妳知道辛的零分傳說嗎？

——他讓「破壞之杖」跳了起來，結果因為危險操縱，直接被評為不及格了。

聽起來的確讓人驚嘆操縱技術了得，不過當時芙蕾德利嘉並不驚訝。

因為她知道。

早就知道有過一人，能辦到同樣的事——

芙蕾德利嘉不自覺地挺出上身，不是注視現實當中的眼前光景，而是她的異能捕捉到的，齊利亞的身影。

不讓八八毫米砲射穿的重裝甲，與足足有八〇〇毫米的超大口徑火砲。高大沉重的巨龍軀體支撐著這一切。必須鋪設四線鐵路——數量多達八條，比普通列車使用的單線鐵路多上四倍的鐵軌，才支撐得了那超重量級的巨軀。

即使如此……

現在的齊利亞，怎可能辦不到同樣的事——……！

「——！辛耶，不好了！」

長射程的弱點，的確是怕被敵人鑽進懷裡。

雖然沒有嘴上說說如此容易……但在許多情況下，長射程兵器付出的代價，就是在近距離內非常難以運用。

然而，只不過是諷刺地分配到了超長距離砲這種與本身特性正好相反的兵器……

原本不使用這種戰法的齊利亞——難道就會縱容敵人針對弱點下手？

「不可貿然靠近他！……齊利原本與汝相同，皆為專精近戰的駕駛員！」

巨龍騰躍。

鐵椿般的無數節肢狠狠踢踹鐵軌，宛如高高仰首的毒蛇，巨軀的大半部分離開地面。它在達到頂點的同時扭轉身子翻轉過來，鋼鐵波濤崩洩著摔落在反方向的鐵軌上。

被銳利腳尖踢斷，又遭超大重量一砸，本身也有幾百公斤的鐵軌鋼筋當場斷裂，飛上半空。

它竟自己破壞了移動方式。裝甲表面的炸藥模組掉了好幾塊，摔落在地。重砲——本來不需要上最前線的兵種從不曾設想過的機動動作，想必造成了內部構造的損傷。然而，敵人將這一切全作為代價……

將完好如初的三門對空機槍，朝向了辛。

「——什……」

在拉長到極限的時間中，辛感應到敵人的槍線完全補捉了「送葬者」。自己位於交叉火力的焦點，不管往前後左右哪邊移動，都無處可逃。

好像要給辛臨門一腳，之前動也不動的八〇〇毫米砲開始旋轉。砲身基座散發出紫色電光，表示能源充填完成。在砲身一對銳利劍尖的黑暗深處，曾經聽過的嗟怨之聲好似譏笑般拔高——

『——辛！讓開！』

說時遲那時快，一發砲彈命中電磁加速砲型的砲塔側面。

雷管啟動，炸藥爆發。碰上這記始料未及的偷襲，巨獸再怎麼厲害，也難免晃動了一下砲身，一陣機砲掃射又趁機來襲。是「狼人」用剩下的左腳與鋼索鉤爪爬上丘陵展開的全自動射擊。

電磁加速砲型的意識轉向那邊。

——竟敢來攪局。

電磁加速砲型毫不掩飾惱火情緒，任由己身暴露在砲火下，發出驅動龐然重物的轟然巨響旋轉主砲。

俄頃之間，電磁加速砲帶著震盪空氣的巨大聲響咆哮的聲音，根本足以構成衝擊波。

「狼人」直接中彈，連同其站立的丘陵山頂一併被炸飛。

萊登是否有平安脫身——辛不得而知。

趁著主砲準星與意識一瞬間錯開的破綻，「送葬者」逃出了神砲槍線。然而三門機槍只慢了一點，追趕著他閃避的軌跡。十八管砲口接連不斷地吐出電弧火光，面對橫掃千軍的火網，「送葬者」被迫後退，抽身跳開——是射控系統的自動瞄準功能，一旦鎖定對象，電磁加速砲型的對空機槍將會在槍架允許的可動範圍內自動追蹤，緊咬不放。

相對距離再次回到一〇〇〇，理應已經削除的三門機槍與主砲都未受損害。

這下子……

辛不自覺露出一個冷淡的微笑。

或許死棋了。

與閃過腦海的一抹思緒正好相反，冰封未解的雙眸與看破一切的鬥爭本能，百計千心地尋找可供撬開的接近路徑。在他眼前，為了花時間冷卻機件而陷入沉默的火神砲，再次開始旋轉。

如履薄冰的對峙恍如永劫，其實只有一瞬。彷彿雙方各自拔槍開火，又像同時拔刀斬殺敵手，就在兩者進入攻擊的預備動作時……

突然間。

同步對象多了一個人。

†

聯邦的同步裝置，是以植入辛等先鋒戰隊隊員體內的擬似神經體，以及耳夾式記憶卡為基礎開發而成。

登錄在這些裝置裡的連接對象設定檔，在註銷共和國軍籍的同時已遭刪除，不過如果單純只是刪除，復原檔案其實不太難。

研究員出於玩心，將復原的設定偷偷寫進八六們的同步裝置裡。反正連不上任何人，不會有人發現這項設定。只是開個玩笑，向開發裝置的共和國致敬一下罷了。

但設定就是設定。

只要條件齊備，就會正常運作。

例如設定的對象……

假如能與自己連接的全體對象，都啟動了知覺同步的話……

†

『——呼叫要塞壁壘上的全體「破壞神」！』

雖說是以同種理論為基礎，但這些同步裝置畢竟是以不同技術打造而成，本來理應清晰的聲音，彷彿帶有雜音般斷斷續續，所以……

『方位一二〇，距離八〇〇〇，彈種反裝甲榴彈！——射擊！』

緊接著，電磁加速砲型全身中彈，激烈爆炸。

不是一五五毫米或二〇三毫米重砲那種，能用衝擊波撞斷劣等裝甲的破壞性轟炸。而是更微小的，小口徑砲彈的爆炸火焰。只不過火網的數量非比尋常，不知道擺開了幾門火砲——集中砲火恰如驟雨一般。區區人類的動態視力，連用肉眼辨識那種超高速都做不到，很可能是戰車砲的連續砲擊，沿著幾乎與地面平行的低伸彈道疾馳。

自行破壞鐵軌而無法動彈的鈍重猛獸，被這波猛烈砲火打個正著。

反輕裝甲用榴彈，不可能打穿電磁加速砲型的堅牢裝甲。然而震撼力與衝擊波接連撞擊身軀，再加上身上的反應裝甲中了碎片而啟動，引爆起火，使得巨龍彷彿頭暈眼花般僵在原地。

『繼續射擊，遭受反擊時自行判斷何時撤退！——軍籍不明機體！』

這聲呼喚雖然極其曖昧且一廂情願，但不知為何，辛知道那是在叫「送葬者」。

『你應該在嘗試接近敵機吧？我來阻止它的動作，你趁機攻擊！』

砲擊帶來衝擊波與震撼力，然後是反應裝甲的爆炸火焰。

執拗打擊對手的強烈閃光與衝擊，暫時麻痺了電磁加速砲型的流體奈米機械中樞處理系統，短時間癱瘓強大的對地、對空雷達。

抓準這一瞬間，短程飛彈飛抵電磁加速砲型的上空。

外殼的雷管啟動、炸裂，到處灑下的自鍛破片形成槍矛疾雨殺向電磁加速砲型，咬住並打穿它的裝甲、剩餘的火神砲砲身與機件，以及無數節肢。

巨獸第一次折斷了腿，既長且大的鋼鐵身軀似乎痛苦難耐，先是後仰，然後崩潰倒下，超大重量未受到腿部關節緩衝物質吸收，直接砸在地上，轟……大地沉重地震鳴。

『暫停射擊！——趁現在！』

不用說也知道。

飛彈爆炸的同時，辛讓「送葬者」以最大戰速疾馳。

辛用十餘秒跑完敵我最短距離，犀利地轉身一躍，躲過敵人作為臨死掙扎遍撒的電磁加速砲火網，終於進入了由他獨占鰲頭的白刃戰間距。

劈哩一下，好似電流的一股寒意竄過脖子後方。

辛反射性地拉動操縱桿，讓機體緊急煞車。不是預知也不是預測，只是身體理解到敵機還留有一手，自然達成的動作。

辛再怎麼有能耐，也沒有多餘心力做出更多機動動作。視線霍地往上，但只是枉然，映照在主螢幕上的影像……

迸出了一道銀色裂痕。

†

——別小看我！

烈火紋身，又受到灼熱驟雨千刀萬剮，齊利亞卻仍然繼續戰鬥。它震動身軀，抖落卡進裝甲的榴彈碎片與自鍛破片，打出了那個的實行指令。自己還能戰鬥，就算要與敵人同歸於盡，自己至少還能——殺光這些人！

——為什麼？

莫名冷靜的聲音，在腦中響起。

是自己的聲音。

是四年前自己的聲音，那時它還有身體，身高還會成長。

雖然早已變聲，但尚未完全發育成熟的聲音，仍維持著四年前的嗓音，毫無變化。

為什麼要做到這種地步？為什麼要戰到這種地步？為什麼——要這樣趕盡殺絕？

就連未聞其名，連長相都沒見過，但繼承相同血統的——唯一一名同胞都不放過。

齊利亞已經失去能翹起的嘴唇與發聲的喉嚨，卻還是笑了。

齊利亞沒有臉龐能浮現笑容，因此就連它自己，都不知道那近似於又哭又笑。

這還用說嗎？因為我只剩下這個了。

只剩下戰鬥了。

因為自己只剩下曾經投身、曾經灼燒己身的戰場。

只剩下燒光內心深處能稱為靈魂的部分，藏於內心虛無之中，如火炭繼續燃燒——無盡的鬥爭之火。

齊利亞用光學感應器看見接近的敵機，將那個對準駕駛艙砸下，打向身處於只要是正常人都會嚇得不敢動的橫刮彈雨之中，卻像是死不足惜似的逼近過來的同胞。

與其讓你也……

無意間，在沸騰的思考之外，齊利亞毫無自覺的一句話，忽然間輕輕落下。

與其讓和我一樣，一無所有的你……

也變成像我這樣，倒不如……

†

綻裂的物體，原來是無數的鋼索。

四片翅膀稀疏散亂地鬆開，化作銀色奔流，以閃電般的速度狠砸過來。這些鋼索與巨龍相比只有頭髮粗細，但實際上卻有小孩的手臂那麼粗。甩在機體上的鋼線深深砍裂地表，或是以尖端刺穿，並插進土地。

其中一條擦過緊急煞車的「送葬者」眼前，擊中地面。吹飛的泥土濺開來，黏在右邊的破甲釘槍上。

剎那間……

「……！」

只見紫色閃光飛過，接著一陣衝擊襲來。

所有光學顯示器、儀表與全像視窗頓時癱瘓。「送葬者」被沿著地表而來的紫色電光彈飛，雖然一個不穩差點倒地，還是勉強控制機體撐了下來。

主螢幕閃爍一下後恢復功能，接著儀表類也一樣。然而全像視窗沒能恢復原狀。從荒謬數值恢復正常的儀表，也有半數以上亮著警示燈的紅光。

當某個零件燒焦的味道，鑽進理應完全封閉的駕駛艙時——辛仰望電磁加速砲型，只見它將身上長出的無數鋼索往四面八方張開，本體潛藏於其中。

是近身戰鬥用鋼索……看來「軍團」們為了不失去電磁加速砲型，是做盡了所有對策。專精反戰車戰鬥的——開發重點放在將破壞力集中於極小的一點，對敵機厚重裝甲開出針孔小洞的戰車砲彈，不適合用來一口氣炸飛廣範圍布下的無數鋼線。看似毫無章法地刺在地上，不具規律性的鐵柵欄，其實沒有任何一條可供「破壞神」鑽入的縫隙，不用想也知道，硬是衝進去的話別說扯斷鋼索，反而只會被緊緊纏住。

『確認電容器正在運作……居然使用導電鋼索，真是難纏。』

無線電的通話對象語氣也很緊張，看來對方也沒料到這個狀況。

『請避免觸碰到鋼索，敵機的能源足以供應那個巨大身軀與電磁加速砲運作，你的裝備或驅動系統恐怕抵擋不住……你的裝備是近身戰規格，那不是你能除去的障礙。』

那是要我怎麼辦？

辛並未說出口，所以對方不可能聽見，但聲音的主人似乎輕輕點了個頭。

『是的，所以那個東西……』

這時在無線電的另一頭，聲音的主人彷彿冷漠無情地瞇細了眼。

那是潛藏於聲調之中，如刀刃般磨利，凜然難犯的戰意口吻。

『由我這邊設法解決。』

頃刻間，飛彈再次飛來。

數條鋼索如鞭子般彎曲，甩向迫近眼前的砲彈側面。鋼索自左右兩邊夾住砲彈，直接輕易地將其切成圓片。

從砲彈中灑落的——既不是固態高性能炸藥，也不是火箭燃料，而是濃稠且高黏性的，泥漿般的大量液體。

這些液體從空中潑灑下來，隨著重力牽引直接降在電磁加速砲型頭上。液體沒有往下流失，而是黏在表面，將漆黑裝甲與銀色鋼索弄成骯髒的泥土色。

然後……

『——倒數五秒。二、一……點火。』

延遲式雷管啟動。

潑灑其上的燃劑被引燃，眨眼間起火燃燒。

————————————————！

無聲的慘叫震動了空氣，以及燒灼其身的烈火。

這場燒夷彈的砲擊——巧的就像是對「軍團」們使出的放火燒山還以顏色。

鐵軌遭到破壞，失去腿部，動彈不得的電磁加速砲型扭動身體。殘餘的節肢脫離鐵軌踩到地面，腳下泥濘無法支撐千噸以上的自身重量，使得機體陷入泥地，頹然倒下。

不同於區區幾百度就會燒死的人類，全身以金屬構成的「軍團」就算暴露在一千三百度的業火下也不會燒壞。過於厚重的裝甲讓溫度無法穿透機體內部，也沒有駕駛者會因為周圍氧氣燒盡而窒息。

即使如此，人類對火焰焚身感到恐懼的本能，仍讓鋼鐵巨龍心驚膽戰。

在黏附己身的燃劑大火中，竄過鋼索的紫色電光爆開消失。可能是超過高溫上限的迴路緊急停止了，也可能是金屬遇到高溫，會使得電導率瞬時下降。鋼索或許就這樣失去了導電能力，淪為平凡無奇的沉重鐵絲。

巨龍扭動身軀發出咆哮，拉扯著鋼索接連從地面抽起，飛上半空。它們在黎明的青紫天空中，描繪出烈焰的透明紅弧，失控而毫無秩序可言地亂揮亂甩。

同時，辛將操縱桿用力壓向前進位置。

「送葬者」像被電到一樣跳了出去。在火海的另一頭，電磁加速砲型的幽藍光學感應器朝向了他。感應器對準焦點，接著所有鋼索一齊甩向高空。

附鉤爪的前端在圓弧頂點後仰，先是彷彿仰望天際般靜止片刻，接著終於再次打向下方。

那些鋼索剛剛才把導引砲彈的外殼當奶油切開。可以感覺到在無線電的另一頭，某人的臉色大變。

『竟然還能動！……糟了，你快躲開！』

不。

血紅的雙眸，將錯開些許角度與時間砍來的斬擊風暴看得一清二楚。於極度集中的狀況下，那一剎那看起來彷彿靜止。通往電磁加速砲型的路線全被預測出的斬擊軌跡淹沒，告訴他該如何砍開哪幾條線。

仍舊纏繞火焰的鋼索，沒剩下多少導電能力。既然如此……

這些就只是動作稍快的活靶罷了。

辛以壓低姿勢的犀利跳躍撲向前方，第一道斬擊落在白銀機體的身影上。

兩者交錯的前一刻，刀刃橫著一揮，當場砍斷了鋼索。辛著地的同時順勢往旁跳開，跑過揮空陷入地面的第二擊旁邊，順手將其砍落。斜向來自左右兩邊的第三、第四道斬擊錯開時間來襲，辛各自以相反軌跡加以迎擊，殺退雨點般連續刺來的鈎爪槍矛，疾速奔馳。

還有一批鋼索試圖從高處發動鞭擊，然而沿著拋物線自遠方飛來的小口徑榴彈接連飛過它們旁邊，一追過就啟動延遲式雷管，在空中引爆。斬擊下方發生的幾陣衝擊波，形成隱形盾牌彈開整把鋼索，「送葬者」再衝過它們之下。

面對橫掃而來的鋼索斬擊，辛拿宛如墓碑般豎立地表的重砲當立足處，高高跳起躲避——眼看敵機竟然愚蠢到逃向無法自由行動的空中，電磁加速砲型施展出最後的，對它而言恐怕是拿出真本事的一擊，當頭劈下。

啊啊。

的確，我不擅長對付這類型的人——曾幾何時，與芙蕾德利嘉交談過的內容重回腦海。

辛不擅長應付這種本性直爽不彆扭的人。

感覺好像逼自己看清內在同一處少了什麼，乖張偏執的——自身扭曲的性情，讓辛受不了。

辛射出鋼索鈎爪，鈎爪一陷進燒爛的裝甲，他就立刻捲起鋼索，憑著自由落體無法相比，幾近墜落的速度下降。高舉揮下的斬擊擦過右邊高周波刀的固定裝置，將其連同刀身一併打飛。辛以此作為唯一犧牲，來到了巨龍的背部。

「芙蕾德利嘉——妳的騎士在哪裡？」

辛刻意問了不用問的問題。誅殺芙蕾德利嘉的騎士是她的心願，也是意志。即使實際扣扳機的是自己，扣下扳機的覺悟仍然該由芙蕾德利嘉自己做。

知覺同步的另一頭，傳來芙蕾德利嘉身子一顫的感覺。

『……齊利在……』

剎那間，芙蕾德利嘉眼前產生了幻覺。

那是她自己並不特別懷念的往日皇帝居室——鷲帝宮（Adler horst）。傲然展翅的左右翼狀側館，環抱著那座前院。身穿帝國軍紅黑雙色軍服的齊利亞，正在用他一貫的正經八百態度斥責某人。

挨罵的人個頭與齊利亞相近，但年紀小了幾歲，是個混血的紅瞳少年，對齊利亞一連串的絮叨叨毫無興趣，有點嫌煩地隨便聽聽。看到他這種態度，齊利亞罵人的聲音越來越大。戴著文雅眼鏡的青年是少年的哥哥，脾氣溫和地安撫兩人的情緒。

這是現實中沒有的光景。

芙蕾德利嘉的異能只會看見實際發生的過去與現在。所以，這是她的願望做出的虛幻光景。

但是，如果沒有這場戰爭的話……

聽說諾贊直系的長男，與焰紅種的千金成婚——與其他民族的混血遭到反對，兩人因此逃亡至共和國。如果沒有這種陳規陋習的話……

如果帝國對本國國民，對其他國家，對同一國家的同胞，能再稍微寬容一點的話……

這幕光景也許會成真。

原本能夠做到這點的家族，最後僅存的一人就是自己。

年幼的女帝，抿緊了櫻色的嫩唇。

既然如此，至少自己可以從現在開始。

「齊利亞在……」

逡巡只有一瞬間。

雖然只是亡靈，但當別人要求自己對親密舊識痛下殺手時，芙蕾德利嘉沒有逃避。

『在主砲後面——第一對翅膀之間。』

辛環顧自己攀附其上，仍顯得相當寬闊的「軍團」背部，在芙蕾德利嘉指示的位置，看見一個微微突出的維修艙口。

他將死纏不放的鋼索從翅膀根部砍斷，奔馳於熊熊燃燒的燒夷彈烈焰中。

轟隆隆——電磁加速砲發出高吼。它就像被潑了強酸的蜈蚣，踢踹著剩餘的一堆腿，激烈地搖晃身體。重量超越千噸的大質量蠕動起來，使得機體重量較輕的「破壞神」險些被彈飛。

「嘖……！」

「破壞神」張開四腳，齊步啟動四挺破甲釘槍。打出的釘槍陷入電磁加速砲型的裝甲內，辛整個人暴露在激烈震動中，就連習慣了高機動戰鬥的他都得咬緊牙關。但以此作為代價，辛固定住了「破壞神」的機體，安定了槍線。

與此同時，電磁加速砲型扭轉身軀，好似挑戰天界的惡獸，砲口猛地揚起，指向正上方。

至今最大的，接近失控邊緣的電流流進電磁加速砲內。演奏出撕裂空氣的衝擊聲，閃電竄過砲身。

辛明白了對手的企圖，瞪大雙眼。

難道它想……
同歸於盡——……！
剎那間，心中湧起的——不知為何，既不是恐懼也不是悔恨，而是深不見底的安心。
這下子……
就結束了吧。

砰！一道極其輕微的聲響，讓戰鬥靜止了一瞬間。

那個聲音，原來是手槍的槍聲。離有效射程遠得很，真要說起來，連有沒有打中都很難說。
對「軍團」的裝甲來說簡直柔弱無力——只能用來轟掉自己的腦袋，是最後的武器。
所有敵性存在一律格殺勿論的「軍團」本能，讓龜裂的光學感應器瞪向那邊。辨識出未經定義的武裝存在，「破壞神」的系統自動放大了那個目標。
是芙蕾德利嘉。她在碧藍蝴蝶飄舞的草原上，雙手舉起手槍站著。
她的嘴唇動了動。

「齊利。」

在那一刻，鋼鐵巨龍確實看見了它奉為主君的女帝。

『公主殿下。』

那聲音帶著深深的安心。

在它的面前，芙蕾德利嘉先是放下了舉起的手槍。

然後將那堅硬的槍口，對準了自己的太陽穴。

怎麼了，你不來阻止我嗎，余之騎士？

余可是會喪命。

她站在百分之百會遭到自爆砲擊波及的位置，只為了挺身阻止──……

『公主殿下！』

電磁加速砲型的殺氣，剎那間完全煙消霧散，纏繞砲身的閃電也消失不見。

就在這一刻，辛扣下了扳機。

在視野邊緣，他看到菲多衝了過來，用起重吊臂靈巧地抓起芙蕾德利嘉。菲多連把她扔進貨櫃都嫌浪費時間，一轉身，就用最快速度越跑越遠。

砲彈擊發，緊接著命中。隱藏著莫大動能的高速穿甲彈把內部機構連同裝甲一併射穿，陷入中樞處理系統後，引發貧化鈾彈心特有的燒灼加強效果。

電磁加速砲型從內部起火燃燒。

『————————————————！』

流體奈米機械的腦髓遭到焚燒，電磁加速砲型發出咆哮。這陣震耳欲聾的慘叫，讓辛表情為之歪扭。

鋼鐵巨獸噴出暗紅大火，慘叫聲轟然響起。流體奈米機械被火焰撕碎，一邊燒成銀色灰燼，飄散而去。

那副景象，讓辛無法不想起哥哥離世之前，在他伸手的前方脆弱熔化的模樣。

永別之際真正想說的話，直到消逝的最後一刻都沒能傳達。

在那最後一刻，無論是依依不捨的手或是想告訴哥哥的話語，都到不了哥哥的身邊。

被關在電磁加速砲型當中的芙蕾德利嘉的騎士，也在哭嚎。

帶著生前的最後一句話，以及對世間萬物的嗟怨——呼喚著真正渴求的人。

公主殿下。

公主殿下。

公主殿下。

我好不容易才與您重逢——……！

「……夠了。」

辛明知傳達不到，仍低聲說出口。

伸出的手，沒能觸及燒成灰燼的哥哥。

呼喚的聲音，沒能傳達給與世長辭的哥哥。

死者屬於過去。

這點無法顛覆，而不容分辯地被推向未來，隨波逐流之人——活著的人，絕無可能與他們再有交集。

所以……

「留下來不能有任何作為，也無處可去。所以——你可以消失了。」

這時，忽然間，黑瞳轉向了自己。

那道眼光，顯出些許哀憐。

這點……

你不也一樣嗎？

跟我一樣，已經一無所有的你也……

不——你才是。

剛才——你不是打算與我同歸於盡，一同赴死嗎？

一回神才發現，那東西就在眼前。

辛一陣毛骨悚然。

是同一張臉。

辛可能是因為不認識這位遠親青年的長相，因此看成了自己的臉，也可能是真的如此相像，讓芙蕾德利嘉好幾次想起他。

或者那個已不再是芙蕾德利嘉的騎士，而是——……

那張臉只有漆黑雙眸與辛呈現不同色彩，慘酷地嗤笑。

那是冬日新月的暗色。

與某個夜裡哥哥的眼瞳——呈現同樣色彩。

對。

你什麼都沒有。

沒有該守護的事物。

也沒有歸宿。

更沒有心願，沒有目標，就連死前能呼喚的對象都沒有。

沒有任何——必須活下去的理由。

伸過來的手，掐住了脖子。
不是哥哥的手，但恐怕也不是芙蕾德利嘉騎士的手。
那隻手用慣了槍砲與機甲兵器，感覺有些粗糙。
是自己的——
掐住脖子的手掌，隔著領巾以指甲抓搔。
那是過去哥哥刻下的傷痕。
如今只剩下這點痕跡……是哥哥確實存在過的唯一證明。
那張臉只有暗色雙眸與辛呈現不同色彩，慘酷地嗤笑。
你不就只是為了誅殺這個，才苟延殘喘嗎？
不就只是為了「這個」，才苟且偷生嗎？
已經誅殺成功了吧，那麼你已經……
不被需要的你。
不被世上任何人需要的你。
不就沒有任何理由，允許你繼續活下去了嗎？
明明應該如此。
為什麼——你還活著？

嗤笑。

你以為誅殺了「這個」，就結束了是吧？

以為能結束，是吧？

你以為如此。

但結果，又只剩你一個人。

你又被拋下了。

「……！」

重回腦海的……

是哥哥離去之際的野戰服背影。

是身旁被炸飛的「破壞神」。

是因為回天乏術所以開槍擊殺的，戰友們悽慘的死亡面孔。

為什麼？
為什麼無論是誰……
都丟下自己一個人……
先邁向死亡？

†

「軍團」為了預防遭到俘虜時機密外洩，做了各種對策，像是近於偏執的加密處理，或是刻意排出氣壓保險板等等。
更何況電磁加速砲型對它們而言如同殺手鐧。
專用感應器檢測到中樞處理系統受到的致命損傷。
由獨立迴路控制的自爆裝置啟動。
雖說目的並非拉敵人墊背，但這種高性能炸藥的爆炸威力，可是足以徹底破壞重量超過千噸的機體與長達三〇公尺的特殊合金製砲身。
爆炸火力燒遍附近待命的蝶群，燒焦了蜷縮著保護芙蕾德利嘉的菲多貨櫃後側，然後將機體正上方的「送葬者」像木屑一樣炸飛。

†

看樣子自己只昏倒了短短一段時間。

睜開眼睛一看，龜裂的光學顯示器上，映照出扭曲變形的，天色剛轉亮的蒼穹。

抬頭看著看著，辛覺得越來越難以呼吸，便將座艙罩的開啟桿往下一拉。他知道外面沒敵人，就算有，他也不太在意。

可能是框架歪了，座艙罩感覺先卡了一下才往上跳起，然而未經電腦修正的真正天空一樣呈現沉重的碧藍，彷彿要將人壓碎。耀眼的藍像是會整面墜落下來，墜落並壓潰萬物。

辛呼一口氣，將頭靠在頭枕上閉起眼睛。

不知為何，他感到——相當疲倦。

一直以來他替自己定位，將持續前進當成一種驕傲，認定戰鬥到底，直到力有未逮而馬革裹屍，是他們這些八六應有的姿態。

他本來是這麼打算的。

然而照這樣看來，他誅殺了哥哥後，只是在那以為即將殞命的第一區戰場，尋覓著葬身之處而到處徬徨罷了。

期望機械亡靈能代替先行離世的哥哥……殺死自己這個同樣只是沒死成的亡靈。

要是沒有你就好了。

這是過去哥哥對自己說過的話。後來又有好幾人，對自己一再重複這句話。

即使如此，因為辛還有誅殺哥哥的亡靈這個目的，所以還能繼續活著。因為必須安葬哥哥，所以還能允許自己活著。

一旦失去這個目的——辛再也沒有理由容許自己活著。

——接下來，你還有很長的時間啊。

那是辛最後……確實是最後一次聽見哥哥的話語。那是本來無緣聽見，死後才贈與自己的惜別、餞行的話語。

哥哥想必只是單純不忍分別，而祈求辛的前途幸福。

然而對辛而言，那正是詛咒。

很長的時間——存活的未來。

辛一次也不曾期盼過那種東西。

其實他一直焦急地——等待在第一區戰場誅殺哥哥，同歸於盡的那一刻。

結果卻……

哥哥。

你為什麼又拋下我？

為什麼這次，又不肯帶我走——……！

要是帶我一起走……

我就不用產生這種心情了……

「唔……」

喉嚨自己發出像是獸類低吼，又像是嗚咽的聲音。閉著的眼瞼底下開始發熱，辛用一隻手去遮，卻沒流出任何液體。

死神。

辛從不曾厭惡過這個外號。

他答應過一同戰鬥而先一步死去的戰友，會懷抱著他們的記憶，帶著這一切走到最後，不曾為此後悔。

只是……

為什麼，每一個人……

總是扔下自己一個人……

自私地——先走一步。

辛彷彿聽見某人的聲音，哭著說「不要留下我一個人」。

如果自己能夠說出口——是否會有人願意留在自己身邊？

在稍遠一點的前方，辛看見巨龍的殘骸還在餘燼中悶燒，已經燒得焦黑。

那是與自己相同，但又與自己不同的，陌生騎士的最後眠床。

那是既無血親亦無故土，除了戰場別無居處的亡靈的下場。但同時也是就算化為「軍團」，心中仍惦記著某人的亡靈的下場。

就算自己萬一成了「軍團」，也不會呼喚任何人的名字。

沒有名字可以呼喚。

這令他心裡——非常空虛。

辛聽見輕快的沙沙腳步聲往這邊靠近，儘管連撐起眼皮都嫌累，還是瞥眼過去。

芙蕾德利嘉踩著滿地碧琉璃的空隙往前走來，手撐在駕駛艙的邊緣，探頭過來看辛。

「簡直有如送葬死者一般啊，真是觸霉頭。」

被她這樣講，辛無力地冷哼了一聲。

狹窄擁擠的駕駛艙是死者棺木，落滿一地的碧琉璃是葬送之花。

「……是啊。」

「是什麼啊，蠢蛋……不顧性命竟更甚以往。」

她眼角泛紅，也不隱藏白皙臉頰滑下的淚痕，這樣擺出橫眉豎目的表情，一點魄力也沒有。

芙蕾德利嘉盛氣凌人的態度只維持了極短時間，很快肩膀就伴隨著嘆息下垂。

「——抱歉，汝托余保管的手槍……」

辛看了看一雙小手怯怯地遞出的手槍，可能是被某種碎片打中了，從拋殼口到前面的框架有一道巨大裂痕，恐怕深達槍膛內部到槍身，以手槍而言是致命性損傷。

「……喔。」

即使到了聯邦，就這把一直以來用它給予先死去的同伴們最後一擊的手槍，辛捨不得放手。然而不可思議的是，辛沒有半點感觸。

他一手拿起手槍，直接往外一扔。金屬與強化樹脂的集合體旋轉著飛出去，掉進碧藍蝴蝶的間隙，發出輕微聲響。

芙蕾德利嘉嚇了一跳，視線緊追著手槍飛出去的軌跡。

「……！何必扔掉呢……」

「機匣與槍身都裂了，它不是聯邦軍的制式型號，沒辦法修。」

其實只是過去的共和國軍採用為制式罷了，原本是出自盟約同盟的槍械製造商。只要有心，應該找得到替換零件，但辛沒那麼想把它留下來。

芙蕾德利嘉不知所措地看看辛，又看看手槍掉落的位置。

「汝何出此言……汝一直以來不是用那把手槍，給同伴們最後一擊的嗎？換言之，那就如同汝與同伴們的羈絆之證。就算壞了，也不該丟吧……！」

這番空虛的言詞，讓辛不禁發出嗤笑。羈絆？

「無所謂……結果到頭來，我也只是拿那些傢伙當成重回戰場的藉口罷了。」

嘴上說好要帶他們一起去……原來只是為了四處徬徨，尋覓葬身之處。

他們必定不想被人強拉著，去走那種愚蠢透頂的旅程吧。

「汝這話……！」

芙蕾德利嘉口氣強硬地講到一半，整張臉扭曲了。

「汝這話可不能這樣說……！汝為他們背負一切至今，並非為了此種理由……」

「……」

「汝此時欲捨棄的是何物？與已死同伴們之間的約定，當時交流過的心靈如今感到傷痛……汝認為是為何？」

奪眶而出。

在黎明的晨光中，辛看見透明淚水沿著白皙臉頰滑下。

「汝心灰意冷至此，所以與同伴們之間的感情才會火熱得燒痛了汝。若是難受到無法承受，大家會暫且為汝承擔，汝就不能稍稍依靠一下身旁之人嗎？……身旁之人紛紛留下汝一個人，使得汝無依無靠，已經是過去之事了吧……」

聽到芙蕾德利嘉講出自己不曾提及的事，讓辛瞇起一眼。

這是她的異能所致，不情願也會看見，所以在某種程度上或許無可厚非——畢竟辛也完全無法控制自己的異能——但她講得好像全都了然於心，讓辛很不愉快。

「……妳又在偷窺？」

「蠢蛋，是汝一直掛念著死者們的事……假裝已然捨棄，其實仍在為他們背負著，才會害余看見。那麼多的人，汝一個都沒拋棄，正視他們的遺願……還謊稱是什麼藉口，大笨蛋。」

芙蕾德利嘉握緊拳頭，用手背粗魯地擦掉眼淚，轉頭看向在稍遠位置待命的菲多。

「菲多，去找這個蠢蛋剛才扔棄的手槍。余也會幫忙，一定要找到喔。」

「菲多，不准動，沒時間做那種事。」

同時收到矛盾的命令，菲多的光學感應器像翻白眼般閃爍。「……嗶。」菲多請示意見般看著的人不知為何是芙蕾德利嘉，辛趁著她還沒做出多餘指示，像對待一隻小貓般抓起她的後領，把她扔進駕駛艙。

「唔！汝做什麼……」

「當然是要回去了。機體損傷成這樣，要是來了新的敵人，我可對付不來。」

雖然離這裡還很遠，但辛感覺到有「軍團」似乎察覺到異狀而採取行動。

破甲釘槍四挺都完全毀壞，高周波刀一把斷開飛遠，長時間強加負荷的驅動系統也始終顯示著警告訊息，實在無力應付更多戰鬥。

自己就這樣死在這裡是無所謂，但他必須讓芙蕾德利嘉回去。要確認過才知道，不過聯邦軍本部應該也有往前推進。他可以一面迴避戰鬥，一面設法與本部會合……之後要怎麼辦？

還能怎麼辦？隔了一拍後，辛發現這是個蠢問題。

問自己這個問題毫無意義。與「軍團」的戰爭尚未結束，今後想必會繼續交兵。只要戰爭還沒結束，自己就要戰鬥……然後總有一天戰敗而死，就這樣。

為什麼要戰鬥？……為了什麼而戰？

這個問題，他一直交不出答案。

這個問題，他一直下意識地避免回答。

如果自己回答「是為了求一死」，那時提出這個問題的尤金，會露出什麼表情？

如果是為了尋死……那麼當時該送命的應該不是他，而是自己才對啊。

絮絮不休的思緒，因為芙蕾德利嘉突然抱住自己而被打斷。

「……這次又怎麼了？」

「還問余怎麼了？大笨蛋……待與友軍會合後，汝可申請休假，休養生息一陣子。否則，汝很快就會……」

北方早晨的戶外空氣冷卻了身體，小孩子特有的高體溫弄得辛很熱，只覺得煩不勝煩。

但不知為何，他也不想把芙蕾德利嘉拉開，任由她抱住自己，仰望天空。

抑鬱的蔚藍天空。

辛由衷地想，要是能整面墜落下來，該有多好。

旭日初升。

彷彿被銳利切入的朝陽驅趕，碧藍蝶群一齊翩翩拍動金屬薄翼。

碧琉璃風一時之間波濤洶湧，用螺鈿光輝淹沒視界，恍如受到天空吸引，振翅高飛而去。

蝴蝶。

不分文化、地區與時代。

據說總是被視為死去歸返的靈魂象徵——

他無意識地伸出的手，當然只撲了個空。

辛仰望著轉瞬間融化在藍天中的碧藍光彩……嘆了口氣，指示系統關閉駕駛艙。

座艙罩關閉。不同於共和國的機體，駕駛艙為了隔離生化、化學武器而變成密閉空間，亮起氣密程序完成的指示燈。

原先切換為待機狀態的系統重新啟動，用以顯示各種資訊的全像視窗總算恢復正常並展開，之前變暗的光學顯示器也亮起燈光。

閃爍幾下後亮起的光學顯示器，忽然間，掠過一道赤紅色彩。

那是吹散在風中的紅色長條花瓣。原來是被碧藍蝶群踩得歪倒的火照之花（彼岸花），一齊抬起了細長花瓣與長長花蕊呈放射狀張開的特殊鮮紅花冠。

放眼望去紅花叢生，在開花的季節一片葉子也沒有，火照之花攢簇著盛開，形成彼岸花特有的紅彤彤花海。

風颯颯地吹，讓花朵如成群的啞聲魔物般搖曳。被金屬下肢撕碎的大紅花瓣吹散在風中，如夢似幻地飛舞。在這無邊無際的紅豔當中……

不知是何時出現的，一名白銀髮色與眼瞳，身穿深藍軍服的少女，呼吸有點急促地站在那裡。

她在鐵幕的迎擊砲管制室顯示器上，看見了斬裂黎明前夜色的純白閃光。

†

面對腿部前端埋在火照之花的鮮紅地毯裡佇立著的，所屬軍籍不明的機甲，蕾娜停住了正要走近過去的腳步。

那種機型與共和國的機甲，恐怕從設計理念上就有所不同。敏捷的四條腿部仿造節肢動物，流線型裝甲呈現打磨過的骨白色澤。裝備是配有砲架的八八毫米砲，以及其中一把折斷飛遠的高周波刀。它具備了高性能兵器特有的機能美，帶有殺傷能力上精益求精，為了實戰而磨厲以須，臻至完美的戰槍或名刀具有的，冷豔卻又凶猛的美感。

但不知道為什麼，蕾娜覺得它與「破壞神」有點相像。就是那種匍匐於戰場尋覓失落首級，白骨骷髏的不祥氛圍。

蕾娜不知道對方是敵是友，也有可能是新型的「軍團」。

只是……

至少它是那架超長距離砲型的——擊碎鐵幕的電磁加速砲的……敵人。

所以剛才蕾娜才會主動表示要進行掩護射擊。對方雖沒有半點回應，但雙方確實並肩作戰對付了同個敵人，最後蕾娜看見對方受到超長距離砲型的自爆波及，所以才像這樣衝了出來。駕駛員——如果機內真的有人的話——說不定受傷了。就算沒有受傷，自己也該說聲謝謝，感謝對方的搭救。

雖說鐵幕前的地雷區已經開出了通路，但就連有無達到軍方安全標準，也就是清除掉八成都很難說。嚇壞了的護衛機「破壞神」——「獨眼巨人」衝過來抱起蕾娜，一路將她帶到這裡。

「獨眼巨人」的處理終端西汀．依達上尉，在「破壞神」裡用光學感應器緊盯保持沉默的軍籍不明機，開口說：

『如果發生了什麼狀況，妳可得趕快開溜喔，女王陛下。沒有任何防護就待在戰場，只會礙事而已。』

「不了。何況也不見得會發生什麼狀況。」

西汀走近過去時，軍籍不明機正好讓機體站了起來。看來駕駛員或是機體，並沒有受到無法行動的損傷。

西汀的視線停留在繪於側面裝甲上的，扛著鐵鏟的無頭骷髏識別標誌。

啊……西汀罕見地，不由自主地發出大吃一驚的叫聲。

『難道是……！不，可是怎麼會……』

「依達上尉？」

『妳沒發現嗎……啊，對喔。我忘了，妳不可能看過……』

「……？」

西汀只這樣說，就不再開口。

軍籍不明機的鮮紅光學感應器，朝向了兩人這邊。

銀髮少女佇立於豔紅花海中。

深藍立領軍服的衣襬燒焦裂開，質樸的大型突擊步槍，用肩帶掛在纖瘦肩膀上。眼眸與燻黑弄髒的白銀髮絲同色。

過去，在每月一次的空運，以及轉調至下個駐地時，辛並不想看，卻也看習慣的那身……

聖瑪格諾利亞共和國的……

逼著他們八六上戰場，嫌他們活得太久礙事而讓他們轉戰各激戰區，命令他們——最後一定得死的那些人。

看到隨著微風飛舞的銀髮——那白銀色的容貌，不禁讓辛覺得某個相貌朦朧不清的稚齡少女的身影，似乎與身穿鐵灰色軍服的同世代少年重疊在一起，而倒抽了一口氣。

要是你能代替他去死，該有多好……

辛急忙別開目光，看到佇立該處的黑色裝甲「破壞神」——自己在第八十六區戰場也用過的鋁製棺材，不禁為之屏息。在它的後方，地平線上輪廓模糊的，成排的冰冷灰色水泥建築物……那麼，那就是鐵幕了？

哼。辛忍不住淺淺一笑。

以為自己在往前走——看來事實上，自己只是在同一個地方徬徨罷了。

芙蕾德利嘉抬頭看著辛，嚇得縮起身子，露出承受痛楚的表情，但辛佯裝不覺，按下外部喇叭的按鈕。

†

『——看起來，您應該是聖瑪格諾利亞共和國軍的指揮官。』

可能是方才與超長距離砲型交戰時受了損傷，外部喇叭的聲音嚴重破音，很難聽清楚。聲音的口吻拒人於千里之外，冷漠無情。

「是的，您是……？」

『本機為齊亞德聯邦西方方面軍，第一七七機甲師團所屬機體。』

與禮貌周到的口吻正好相反，聲調顯得冷淡疏遠。

假如所說的軍籍屬實，那麼他——雖然嚴重破音，但應該是男性——就是十年前還是敵國的齊亞德的軍人了。在國號改變的那段時期，國內發生過某種政變，看樣子「軍團」成了雙方之間共通的敵人，但不代表對方願意將共和國軍人視為自己人。

對方不肯報上姓名，不知是出於這種隔閡，或是他所說的聯邦軍有意保守機密……不過因為八六們只要對方不問，他們也不會把名字告訴共和國民，使得蕾娜不再覺得不報上姓名是一種無禮舉動。

『為了維持聯邦的防衛線，本機剛才正在執行電磁加速砲型——磁軌砲搭載型「軍團」的排除任務。感謝您為任務提供支援。』

「不會……不過，就您一個人嗎？隻身突破『軍團』的支配區域？怎麼會執行這麼過分的作戰……」

『——』

回應的沉默，顯得有些冰冷。

哼。西汀在知覺同步的另一頭發出嗤笑。蕾娜也注意到了，嘖了一聲。

隻身，或者是以小型部隊穿越「軍團」支配區域……這跟共和國在各戰線第一戰區第一戰隊兵役即將結束時，長久以來迫使他們全軍覆沒的特別偵察任務沒什麼兩樣。

有什麼臉說人家過分？

『……承蒙您的關心，不過西方方面軍本隊正在接近後方，我想是可以會合的。』

「這樣啊……太好……」

『各位要一起過來嗎？』

「咦？」

『如果只是幾位人員，我想本隊能夠保護各位。』

嘴上這樣講，口氣卻正好相反，顯得毫不關心。

語氣聽起來，就好像他看穿了共和國的窘境，知道他們這兩個月來防衛線節節後退，無論勢力範圍還是戰力都在持續減弱。而且基於這點，他要問的是——你們有沒有打算自己逃跑？但聽起來不帶侮辱之意，連諷刺的味道都感覺不到，就只有無限空虛的聲調罷了。

好像小孩子迷了路，迷失方向走累了，不知如何是好而呆立原地，連自己是從哪裡走過來的，都已經無法分辨——

即使如此，蕾娜仍然有點生氣。

那種口氣，簡直像是認定了他們根本無意戰鬥。

別瞧不起人了。

「不，我不能捨棄這個國家——捨棄聽我指揮應戰的部下們。就算力有未逮而落敗……我也要在這裡戰鬥。」

聽見蕾娜如此斷言……

聯邦軍官微微發出了嗤笑。

對方說出口的話實在太離譜，讓辛啞然失笑。

戰鬥？

只會躲在牆裡不聞不問，坐視祖國滅亡的共和國軍人，說要戰鬥？

不對——更重要的是……

「為了什麼？」

辛很意外還有人存活，但共和國滅亡仍是不爭的事實。

要迎擊超長射程的戰略兵器，除了少許迎擊砲之外，竟只能拿出短射程的「破壞神」，而且從自稱指揮官的少女的領章來看，頂多也只是個上尉。連校官都不是，只是現場指揮官級的下級軍官。看來原本就寥寥可數的戰力與人才，在這兩個月內都見底了。

……如果少校還活著的話……

會不會變成是她出現在這裡？辛一瞬間如此想，隨即搖搖頭，認為想也是白想。

沒有戰鬥的理由與必要，連那份力量都沒有。

即使這樣——還要戰鬥？

為了什麼……

「您在急著尋死嗎？……這樣的話，乾脆不要戰鬥不就好了？」

辛說著的同時，無法阻止自己發出無聲的嗤笑。

因為他自己都想問這話究竟——是對誰說的？

『這樣的話，乾脆不要戰鬥不就好了？』

這種冰冷到聽起來既像嘲笑又像自嘲，拒人於千里之外的聲調，讓蕾娜用力握緊了纖柔雙手。

「……就算力有未逮，我也……」

難道說沒有力量，就不能戰鬥？

沒有意義——就不能活下去？

豈有此理。

無言佇立的「獨眼巨人」——比起眼前的聯邦軍機，實在太過簡陋的「破壞神」映入視野邊緣。

曾經有一群人，以這種簡陋機體當成唯一的搭檔，當成最後的眠床，明知絕不可能存活下來，仍戰到最後一刻。

這番話簡直像在侮辱他們——她怎能當作沒聽見！

「有一群人曾經說過，他們不會做出死心屈膝的丟臉行為，直到生命燃燒殆盡的最後一刻。他們絕不會捨棄一切，要戰鬥到底。他們是這樣活過來的，也相信我能跟他們一樣。所以我們——我要……」

——要是有一天，妳來到了我們抵達的場所……

為了回報這句話，為了回應託付給自己的心意。

——我們先走一步了，少校。

辛。

因為你曾如此對我說過，所以我……總有一天，一定會追上你。

「為了追上認真活過的他們——為了帶著他們走到更遠的前方，我要戰鬥！……我是舊共和國國防衛部隊指揮官芙拉蒂蕾娜．米利傑上尉。我絕不會逃離這場戰爭！」

霎時間。

聯邦軍機有些驚愕地轉向蕾娜。

『……！「少校」……？』

在沙沙破音的喇叭聲另一頭，愕怔地脫口而出的詞語，不知為何，不是自己自稱的軍階。

聯邦與共和國使用的語言雖然幾乎相同，但有時候一些細微單字的意思會有出入。特別是軍事用語，每個國家之間的差異格外顯著。即使是同一個單字，或許也不見得是同一階級。

經過一段欲言又止的短暫沉默，一會兒後，聯邦軍官說了：

『——那些人早就死了，對死人需要盡什麼情義？』

聲調聽起來彷彿在掩飾情感，冷漠到不自然的地步。

同時聲音中也帶有少許……依賴的語調。

就像迷路的孩子，怯怯地伸手給出聲關心自己的人那樣。

可能是因為對方給了自己這種印象，不知為何，蕾娜覺得自己必須做出回應。

「因為有人曾經說過，希望我不要忘了他們。」

在同一片天空下，仰望著不同的火花——一邊做下不可能實現的約定，說總有一天要一起欣賞煙火，一邊得到他們託付心願。

因為自己唯一能做的，就是回應那份心願……啊啊，不對，不只如此。

因為自己不想忘記。

因為蕾娜還不想讓伴裝漠不關心，卻為自己留下了許多事物的他，從這個世界上完全消失——只要自己還記得，他們就一定會在前方等著自己。

「是他讓我知道這個悲慘的結局——告訴我『軍團』將發動大規模攻勢，我才能存活下來。是因為他希望我活下來，告訴我希望來日能再相見，我才能繼續戰鬥。因為有他在……我才能像這樣，繼續活著。」

『……』

「所以，我想做出回應。雖然他們已經不在了，但至少我希望能抵達他們到達的終點。想追上活出生命意義的他們，這次一定要跟他們一起……」

雖然希望能活下去的心願，已經無法實現了，但是……

「因為我想一起戰鬥——想帶著他們，前往這個戰場的彼端。」

對於這個回答，辛靜靜地嘆了一口氣。

這番話不是對現在的自己說的。

一無所知的她，只是在回應一年前，辛連自己真正的心願，以及心願的盡頭有著什麼都毫無自覺，說出的一番不堪入耳的漂亮話罷了。

即使如此……

——因為有他在。

——因為我想一起戰鬥。

這些話——仍然讓辛很高興。

但他微微苦笑起來，覺得事到如今，自己已經無法報上名號了。

因為她追趕著大家的腳步，獨自一人戰鬥至今，她該看到的景色……

不該是自己嚇得呆立不動，終於雙膝跪地的這種戰場——

『——您也是。』

「……咦……」

『您也是這樣吧，因為戰鬥到底——因為努力求生，現在，才能站在這裡。』

旭日完全升空。

初生的清冽陽光，從正面照亮了她。

『我想，您可以更為此感到驕傲。』

在龜裂的主螢幕中，初次見到的她，平穩地笑了——

聯邦軍的鮮紅光學感應器，靜靜注視著蕾娜。

看著那理應冰冷無情的亮光，蕾娜覺得好像附著其上的邪靈消失了一樣。

在滿是戰場風塵的暗沉裝甲下，彷彿疲勞，彷彿解不開的詛咒，沉重壓在身上的暗影氣息——如今已然消失。

『……少校。』

那人好像不知道該說什麼，但仍然想傳達些什麼而開了口——語氣聽起來就是如此笨拙。

外部喇叭的聲音嚴重破音又充滿雜音，無法正確聽出年紀與性別。但不知為何，聽到那聲音，會覺得對方是與自己年紀相仿的少年。

『少校，我……』

剎那間。

隨著一陣發麻的感覺，裝甲底下的氣息頓時緊繃起來。光學感應器像被電到般轉向一邊，只見遙遠的北方天空，薄薄鋪下了一片阻電擾亂型的銀色雲層。

隔了片刻之後，在身旁的「獨眼巨人」當中，西汀呻吟道：

『女王陛下，情況不妙啊，鐵幕的「米蘭」傳來了聯絡……有「軍團」正往這邊接近！』

「糟糕！——這位聯邦軍官，您也和我們一起撤退……」

『——不……』

嘎沙！伴隨著刺耳的雜音，岔進對話的聲音既非來自西汀，也不是聯邦軍官在說話。

成群的空對空飛彈將聲音拋在背後，從東往北急速飛越曙色天空，衝入銀色雲層，四處散播如花烈焰。趁著中間的空檔，第二波飛彈描繪出拋物線，飛向阻電擾亂型下方的大地——狠狠刺進群聚於該處的「軍團」部隊。

伴隨著強烈的旋翼聲，戰鬥直升機有稜有角的剪影自稜線後方霍地飛出。接著是多用途直升機與運輸直升機的編隊，以匍匐地表的超低空飛行翱翔而來。

有些破音的外部喇叭，在早晨的清冽空氣中，迴盪出戰鬥直升機機師的聲音：

『辛苦了，中尉，接下來就交給我們吧。』

裝甲步兵分隊搭乘的多用途直升機，與更大型的運輸直升機降落在火紅的戰場原野。大紅花瓣被強烈的下擊暴流撕碎，在碧藍天空中描繪出血紅斑點。

攜帶著重型突擊步槍的裝甲步兵們紛紛衝下直升機，在周圍擺開陣勢，辛隔著龜裂的主螢幕，看著其中一個分隊跑向蕾娜與「破壞神」。

看到將整個人包成一具鐵灰色裝甲的裝甲步兵，起初蕾娜似乎相當困惑，不過其中一人掀起護面罩露臉後，她顯然鬆了口氣。

然後她應對方要求交出了突擊步槍，讓辛覺得不太應該，或許該說她在這方面一如往昔吧。

狀況連連發生急速變化，讓辛莫名有點恍神，愣愣地望著蕾娜那副樣子，又看看相較之下吵了滿久才不情願地打開座艙罩的黑色「破壞神」，突然間，同步裝置啟動了。

『……你沒事吧，辛？』

傳來的男性嗓音，既不是什麼參謀長，也不是身為自己長官的師團長。

『騎兵隊抵達現場了沒？變更作戰時，我還緊急從其他戰線調動了人馬呢。』

聽到這人講話帶點得意的語氣，辛嘆了好大一口氣。

老實說，他幫了個大忙。雖然是幫了個大忙沒錯……

「恩斯特，回去之後，我可以拿東西丟你嗎？」

總之先來個油漆桶好了，當然蓋子要打開。

『咦！幹嘛突然這樣！我只是擔心我們家的寶貝孩子，為什麼要遭到這種對待！』

辛不發一語，狠狠切斷了知覺同步。不久後，芙蕾德利嘉摁住她的同步裝置，蹙額顰眉。

「余明白汝的心情，但汝就給個回應吧，辛耶。這個芝麻小官竟然假哭，真是煩人。」

芙蕾德利嘉把辛關掉順便丟開的同步裝置拿給他，不肯收回去，辛只好勉為其難拿過來，重新連上同步。

「你還在前線啊，恩斯特？」

『呃，所以我不是說過了，我姑且也是聯邦軍的最高司令官啊。就是這種時候才該待在前線吧。』

「你好歹算個大總統，卻漫不經心地跑到前線來，要是被流彈打死，那才一點都不好笑。」

『竟然說好歹算是……話說回來，就算真的發生那種事，讓副總統代替我就好啦。你以為副什麼的職位是為了什麼而存在？』

臨時大總統閣下一副若無其事的態度，講出理論上沒錯，但不是正常人會說的話。

『根據先遣隊的報告，你們似乎已經做過接觸了，但我還是說一下……聯邦軍在本作戰結束後，將實行舊聖瑪格諾利亞共和國的救援作戰。深入敵境的聯合王國無人機昨晚攔截到無線電，所以三個國家商議之後如此決定。明明發現有人存活卻見死不救，是違反人道的行為，況且假如敵軍打造了第二架電磁加速砲型，放任敵軍躲在四面環繞防衛設施的共和國內部，很可能對周圍諸國形成嚴重威脅。』

「……」

『這對聯邦而言也是拯救同胞……救出與你們同樣身為八六之人的作戰，大家不會不答應。但是對你來說，那裡並不是你會想回去的祖國，對吧？如果你不想為了加害者而戰，我可以等本隊進入該地，再將你送往後方……』

「不了。」

辛輕輕搖了搖頭。

「我留下來。雖然我無意幫助共和國，不過……那裡也有我想救的人。」

『……這樣啊。』

在知覺同步的另一頭，文件上的養父似乎微笑了一下。

『對了，還有一件事……完成了作戰目的，要記得報告，諾贊中尉。幸好這次有其他孩子代為報告了，所以還沒關係。』

辛猛一回神，抬起頭來。

「有人存活？」

『……你喔，這種事情應該第一個做確認吧。』

聽到插嘴的聲音，辛偷偷仰頭向天。

是萊登。

『包括中校等人在內，想不到戰隊全體人員竟然都平安無事。反倒是你被打飛之後就動也不動的，我還以為你掛了……好吧，我有擔心你一下啦。』

『可蕾娜又哭得好慘喔～～真是費了好一番工夫啊。好像是被攻擊時弄壞了同步裝置，好死不死就只有跟辛連不上。』

『我才沒有哭！』

『雖然這次不能只怪辛一個人，但你這下子可是第二次弄哭可蕾娜了喔。不要再成天亂來了，好嗎？』

接著是同伴們吵吵嚷嚷的聲音，看來他們會合了。

看樣子不管是天國也好，地獄也罷，都在排擠他們每一個人。眼睛轉過去一看，一個機甲戰鬥服集團從還在空中的多用途直升機探出上身揮手，另外在大約超過三公里外，有個高個子人影從原本是丘陵的地方，一副無所事事的樣子走過來。

至少這次，似乎……

沒有任何人──先走一步。

辛鬆了口氣，頓時渾身虛脫。幾天來的疲勞，加上方才戰鬥的極度專注帶來了副作用，辛感到輕微暈眩而閉起眼睛。恩斯特似乎全都看穿了，說道：

『辛苦你了，辛。在占領橋頭堡之前就交給先遣隊，你稍微休息一下。』

「──了解。」

『還有，芙蕾德利嘉。回去之後我會好好教訓妳一頓，做好心理準備吧。』

芙蕾德利嘉喉嚨發出「咕」一聲。

她求助地抬頭看辛，因此辛平淡地對知覺同步的另一頭說：

「我找個貨櫃裝箱送還給你。」

「唔！辛耶！汝想背叛余嗎！」

『啊哈哈，麻煩你嘍，做哥哥的。』

最後留下一絲笑意，同步切斷了。

芙蕾德利嘉賭起氣來，把臉別向一邊。

「……余就算與本隊會合也不回去，要等到汝等回聯邦時，余才能回去。」

「妳不需要再當人質了啊。」

「似乎是呢。」

芙蕾德利嘉用鼻子哼了一聲，然後扭轉脖子仰視辛。由於辛在狹窄駕駛艙中讓芙蕾德利嘉坐在大腿上，她這樣做，就變成靠在自己的胸前。

「那個芝麻小官指派的人，簡直好似算準了最不知趣的時機來打擾汝，但汝不報上名號不要緊嗎？那人乃是汝在共和國時的指揮官吧？」

「……我應該沒跟妳提過少校的事吧。」

講到一半，辛察覺到了。經她這麼一說……

「汝忘了余的力量嗎？余所繼承的血統之力，能夠窺見相識者的現在與過去。」

……是這樣沒錯。

一雙紅瞳如同小貓看到眼前有隻小老鼠，愉快不已地閃閃發亮，看樣子最好別問她具體來說看到了什麼。

「余能看見的記憶，乃是『看』見時對方無意識中憶起的記憶。那人報上名號時，講到汝啊，可是一反常態地吃驚啊。余心想此人或許與汝有某些關係，於是『看』了一下——……」

糟透了。

「我先走一步，是吧？……真是太好了，人家追上汝了呢。那人無怨無悔地仰慕著汝，一路來到此地，汝不跟人家報上名號好嗎？」

看到芙蕾德利嘉笑得壞心，辛輕嘆一口氣。

她那副亂找人尋開心，擺明了挖苦人的態度讓辛莫名地惱火……但又覺得這幾乎是自己初次看到她露出年幼女童該有的天真表情。

「……我還不能那麼做。」

在只是徬徨尋求葬身之處，根本沒有任何前進的第八十六區戰場。

「因為她說過會追上我們。好不容易追上、抵達了，結果卻是這副慘狀，未免太糟了。一路前進之後，她該看見的景色……」

絕非屈膝跪下，頹然倒斃的地面……

「不應該是這種戰場。」

芙蕾德利嘉嘆了口氣，好像覺得很無奈。

「該如何說呢……汝也是個男子呢。」

「？」

「余的意思是，汝等這類生物碰到此種事情，總是莫名地愛硬撐面子。」

芙蕾德利嘉不高興地說，一副拿辛沒轍的樣子。她側眼往上一看，忽然揚起一邊眉毛。

「且說汝注意到了嗎？汝此時已交出答案了。」

辛覺得很意外，回看著芙蕾德利嘉。她不知為何，兩眼得意地閃閃發亮。

「那人要前進，需要有能配得上她的景色。那人前進的道路，將是汝先行走過的道路……那麼，汝該作為目標的終點會是哪裡呢？」

這個答案，汝此時已經自己說出來了吧……她說。

辛回看著她，只見色彩相同的紅豔雙眸，柔和地笑了。

終章　後會有期

『無面者呼叫第一廣域網路。』

『作戰全階段已完成。』

『作戰結束，該網路麾下全體「軍團」停止戰鬥行動。』

『即刻撤出支配領域。』

†

與「軍團」爆發戰爭後，首度進行的多國共同作戰，就結論來說成功了。

話雖如此，他們未能奪回「軍團」的支配區域，幹道走廊以西只掌握了以舊高速鐵路軌道為中心的線形範圍，不過三國見解一致，認為可以從這裡拓寬占領區域。「軍團」花上數年整治軍備，發動大規模攻勢卻未果，最終被迫撤退，短期內想必沒有餘力再進行侵略行為。

只要聯手合作，人類可以對抗「軍團」。

雖然只是一小步，卻是大大的希望。

†

「——話雖如此，狀況仍然不允許樂觀視之。」

在聯邦首都聖耶德爾，一個窗外零星飄雪的早晨。

站在大總統辦公室的巨大辦公桌前，西方方面軍參謀長與第一七七機甲師團師團長說道。

「西方方面軍足足損耗了六成軍力，由於正規補充嚴重短缺，只能縮短所有軍官學校、特軍校、新兵訓練基地的役期充當補充兵，然而訓練不足是無可否認的。而訓練設施也得補充同樣人數的培訓生，連帶著將導致聯邦的國力低落。」

所謂戰時的軍隊就是本身不事生產，卻狼吞虎嚥地消耗物資與人命。為了眼下的國防問題，本該用作生產活動與人口再生產的年齡層挪作兵員，將會直接削弱將來的國力。

聯合王國與盟約同盟恐怕也處於相同的狀況，況且兩國的總人口少，情況或許更糟。

「相較之下，『軍團』雖然戰鬥部隊有所損耗，但負責生產的自動工廠型與發電機型毫無損傷。而以再生產能力來說，那些傢伙是可量產的兵器，這方面壓倒性強過我方……竊以為今後戰況必然更加惡化。」

「不用斟酌用詞沒關係，少將。換句話說，如果按照現況維持漸次推進戰略，還沒奪回整個大陸，人類軍就會先勢窮力竭而敗北……對吧？」

「是的，因此有必要重新審視戰略……」

不用等那麼久，假如再來一場同等規模的攻擊，下次人類就撐不住了。

大規模攻勢的迎擊與誅滅電磁加速砲型，兩項作戰目標都大功告成，主導權卻始終握在「軍團」手裡，疲於奔命而蒙受甚大犧牲的聯邦軍，因此做出了這個見解。

「從漸次推進改為限定性攻勢戰略，防衛線保持現狀，同時設立並運用獨立機動部隊，集中火力排除『軍團』的重心。西方方面軍確實是將他們視為第一人選，但沒想到閣下也提出了相同的提案。」

他們——從他們的前身來看，即使在聯邦這個軍事大國當中，也堪稱精銳。

「就是八六。用他們這些從舊共和國防衛線救出的少年兵，編組機動打擊部隊……恕我失禮，閣下向來厭惡將他們那種少年少女當成國家安寧的犧牲品，這次提案似乎有違您的理念？」

「話是這樣說，但他們自己志願從軍——而且指定要待在前線部隊，我也沒辦法。」

恩斯特注視著窗外聖耶德爾的雪景，平靜地回答。冬日早晨，首都民眾為了準備聖誕夜慶典而開始忙碌，傳來陣陣喧囂。

「他們有他們自己的價值觀，我無權因為可憐他們就加以拒絕。如果他們現在寧可選擇戰場，我希望能讓他們幾個同伴待在一起，況且以辛……諾贊『上尉』來說，我希望能將他安排在盡量安全的地方。」

恩斯特俯視著身旁半空中展開的全像式電子文件，補充說道。

隸屬於聯邦軍的異能者的人事檔案會蓋上專用的印章。印記還很清晰，這次的一連串作戰填滿了人事檔案的特別事項欄位。

「機動部隊除了擊破『軍團』重心之外，預定將作為救援部隊派往周圍諸國。如果是轉戰各國，而且由外國客座軍官擔任戰鬥部隊指揮官的部隊，多少會有外界眼光介入……我可不會因為他們是年輕有為的警報裝置（金絲雀），就讓人拿去做研究材料（小白鼠）喔。」

視線往側邊一看，少將表情變得僵硬，至於參謀長，則是用鼻子哼了一聲。

「這要算我們軍方無德所致了，竟然讓閣下懷有這種疑慮。」

他嘴上這樣講，臉上卻掛著故作邪惡的冷笑，偏了偏頭。

「說到這個諾贊上尉，他會接受您提到的客座軍官嗎？他將成為那位軍官實質上的直屬部下，與其聽從前迫害者的指揮，會不會寧可選擇目前的師團？」

「我已經跟他提過了。因為他從昨天開始休假，回家來了。」

參謀長揚起一眉，恩斯特對他聳了聳肩。

包括辛在內，極光戰隊參加了舊聖瑪格諾利亞共和國行政區的收復作戰，但收復至第一區的範圍後與敵軍陷入膠著，於是和本隊一同後退，與後續部隊做好交接，就這樣歸返國內。

讓兵員執行戰鬥任務超過一段期間後，戰鬥效率會嚴重低落。聯邦的前身是軍事國家，經年累月的南征北戰，對定期交接與休養的重要性有著正確認知。雖然短暫，總之可以讓少年少女休息一段時間了。

「我也擔心過這點，但看來沒這必要了，因為——……」

†

之所以穿著軍服，是因為這是軍人的正式服裝，辛另外披上同樣屬於軍用的戰壕大衣，走在雪前陰天的聯邦首都裡。

聖耶德爾郊外占用了廣大面積的國立公墓細雪如煙，看得見被白幕封鎖卻又微微明亮的天空，以及圍繞墓地的紫丁香小樹林，樹葉落盡，僅餘黑色樹皮暴露在寒風中。蒙上白雪紗簾的黑白色彩中，成群的黑色墓碑肅然分列，之間零散地佇立著幾名年齡與性別各異的軍裝人影，可能是同一時期歸返的西方方面軍將校。

據說冬季有著這些雪花，春季是盛開的紫丁香，夏季是丁香樹下綻放的玫瑰，秋季則有滿地的爆竹紅，即使是無人造訪的英靈冢墓，也能平等地得到一捧馨香祭祀。這讓辛想起來，自己還沒看過冬天以外的國立公墓景色。

看來自己不知道的事真多。

在盡是新墳的一個角落，辛在平凡無奇的一個墓碑前駐足。

「——好久不見了，尤金。」

尤金．朗茲。

石柱上刻著這個名字與僅僅差了十七年的生歿年份，在早晨靜謐的廣大墓地中依然保持沉默，任由下了一整晚的細雪薄薄累積。

「抱歉，我來晚了。」

尤金不在這裡。

即使好歹還留下半具遺體，裡面也已經沒有他的意志或記憶。

辛能夠聽見冤魂不散的——記憶與思維的隻言片語，這對他來說不是價值觀或信仰的差異，而是不爭的事實。

既沒有天堂，也沒有地獄。

死者一律平等，都會返回世界的黑暗底層。

所以他說話的對象不是別人，只不過是記憶中的尤金罷了。即使如此，自己要與他面對面談話，還是需要這個只刻了名字，千篇一律的石碑，讓辛感到有點不可思議。

只刻著名字與生歿年份的墓碑，一旦所有認識他的人全數消失，就會淪為一份單純的紀錄。

死後……自己本身歸於空無後還想留下墓碑的聯邦軍人們如此，過去在第八十六區戰場，將救贖託付給一小塊鋁合金碎片逝去的五百七十六名戰友也是，真正想要的恐怕都不是那塊墓碑，而是某個記得自己的人。

「西部戰線跟你在世時一樣，勉強維持得住。」

辛將在墓地入口買來的花束放在墳前。聯邦正值嚴冬時節，這是在溫室培育的白百合。與磨亮的黑色花崗岩墓碑相映之下，柔和的雪白色彩更顯潔白。

賣花老婦發現辛是軍人後──畢竟自己穿著軍服，一看就知道了──說著「這是我的心意」多塞給了辛一束花。在這雪天當中，老婦從這麼一大清早，就在戰死者長眠的國立公墓門口擺攤賣花。她抿起嘴唇，抬頭挺胸，彷彿這是她的使命。

「共和國倖存的八六全都受到聯邦保護，軍方決定以他們為中心，新設一個部隊，是專門運用『破壞神』的機動部隊。等休假結束後，我也會被調派到那裡。」

總兵員數將近一萬，相當於一個大規模旅團的兵力。

存活下來的處理終端，幾乎全都志願參加聯邦軍。

如同一年前，辛跟同伴們做出的決斷。

「──以前你問過我為什麼要戰鬥，對吧。」

正確來說，是尤金本來想問卻被打斷，然後就再也沒機會了。

無論是辛還是尤金本人都不曾想過，那竟會是他們最後一次交談。

只有死亡，總是對任何人一律平等，來得突然。

正因為如此，他們八六一直以來，才會堅持至少在最後一刻要死得沒有遺憾，要努力活到讓自己沒有遺憾，只懷抱著這份驕傲戰鬥至今。

而除了這份驕傲，他們目前還一無所有。

「老實說，我還沒完全弄懂。對我們來說——對我來說，我完全沒有你所說的那種戰鬥理由。沒有歸宿，沒有想去的地方……也沒有想守護的事物。」

家人皆已亡故，不熟悉該繼承的文化，出生長大的故鄉，則已經消失在被抹滅的記憶黑暗的彼端。

豈止如此，辛還以無數亡靈的悲嘆為路標，懷抱著死去戰友們的記憶與心靈，只將誅殺哥哥視為唯一，就這麼活到今天。如今要辛正視沒有哥哥的未來，對他來說還真是有點困難。

連存在與否都不能確定的遙遠未來，或是理應近在身邊的明天，全都極其曖昧、模糊，無法預測。

辛還沒有任何願望，以及想追求的事物。

只不過……

「但是，我想讓他們……我約好要帶他們走到最後，而我想我應該明白了，我想讓他們看到的，並不是戰場。」

還有一年前，辛曾經對她說過要先走一步的少女。

在那之後，她獨自在共和國的戰場上求生存，一路走來只為了追上他們。如果好不容易追上了，看到的卻是力盡身亡的戰場地面，那實在太過殘酷。

執行特別偵察任務之前，他們最後一次交談的那晚。當時辛以為有人伸出援手的可能性幾乎為零，但仍希望她能活下去——並不是希望她見識到那種慘狀。

「……你提過大海。」

不知在什麼時候，眼前的他，曾經說過想讓沒看過海的妹妹欣賞那片景色。

讓她見識還沒看過的未知事物。

「我並不想看海，但是，我會想帶人去看海。我希望能讓他們看到未知的，不曾看過的事物。我想，我目前就用這個當戰鬥理由吧。」

因為現在這個遭到「軍團」封鎖的世界，無法實現這個願望。

理所當然，墓碑不會有任何回應，其中沒有留存半點尤金的亡靈。

即使如此，辛仍然覺得那個平易近人的善良同梯——似乎會笑著對他說：「不錯啊。」

「我還會再來的……下次我來，再告訴你一些你沒看過的事物吧。」

墓碑沒有回答。

取而代之地，機械亡靈們的悲嘆鑽進了這片靜謐之中。受困於戰場的戰友們的片段思維，一邊用最後的遺言連聲悲嘆，一邊四處徬徨尋求解脫。

我知道。我一樣不會忘了你們。

辛無聲無息地轉身離開，踏出一步的瞬間，彷彿有個人影映入視野邊緣，那既像是尤金，又像是早已消逝的哥哥。目光轉向前方的一剎那，在大雪紛飛的紗簾後方驀然回首的長髮少女，剪影看來既像凱耶，也像是不知不覺間追上自己的她。

他向返回歸宿的死者告別，追逐著徬徨於戰場無法歸去的亡靈，以及不知不覺之中並肩前行，還沒來到這裡的戰友。

在永眠中安息的英靈們，於下個不停的細雪中，保持沉默——目送邁開腳步的死神。

「國立公墓」入口前面總是有同一位老奶奶在賣花，她都會說：「這是給哥哥的。」總是多送她一束花。

妮娜抱著對嬌小身子來說太大的百合花束，走在已經走熟的，通往哥哥墳墓的路上。

經過這半年多，妮娜也終於漸漸明白所謂的「死去」就是哥哥再也不會回來，再也見不到面的意思。

聽說哥哥是被人殺死的，也就是說，是某個人害他回不來的。

這讓妮娜好悲傷，好難過，實在承受不住，於是寫信問那個人為什麼這樣做，但直到現在都沒收到回信。也許是因為那個人很壞，所以不肯回信，也有可能是信沒寄到。

據說「戰爭」情況變得非常糟糕，有很多人都跟哥哥一樣過世了，所以說不定那個壞人也死掉了。

妮娜心想，假如那個人在天堂遇見了哥哥，希望他可以好好說聲對不起。哥哥人很好，所以一定會原諒他，然後他們可以在天堂做好朋友。

因為討厭一個人——會讓心裡帶刺，心很痛，一定不是一件好事。

這時，妮娜在哥哥的墳前，看到不同於雪花的冰冷雪白，有一團柔和的乳白色。

妮娜小步小步地跑過去，抱起那團白色……是百合花束，上面還沒積雪，一定是剛剛才拿來獻花的。

她環顧四周，在墓碑的狹縫間，有個已經走遠的人影映入眼簾。那人個頭比哥哥高一點，是個年齡跟哥哥差不多的少年。

他跟妮娜最後看到的哥哥一樣，穿著鐵灰色軍服。

妮娜覺得好像在哪裡見過這個人。

好像曾經在哪裡——跟哥哥一同歡笑。

「……那個……」

妮娜不由自主地發出細微呼喚，但聲音傳不到降雪紗簾的另一頭。

很高興你來？

很高興你記得？

還是——很高興你沒有像哥哥一樣死去，活著回來？

年幼的妮娜不知道為了什麼，但仍強烈地覺得有句話一定要說：

「那個……非常謝謝你……！」

在吸音的落雪中，年幼少女不懂得如何大聲喊叫，聲音完全傳不出去。

即使如此，在細雪的另一頭，她覺得那個朦朧的人影，彷彿微微回首了一下。

†

「破壞神」與他們忠心的僕人，長眠於旅途盡頭的春季花園。身穿聯邦軍鐵灰色軍服，年紀應該相仿的少年軍官穩重地笑著。

「初次見面……這麼說似乎不太恰當。不過，這的確是我們第一次面對面相見。」

這句話為何說得感慨萬千，蕾娜尚無從得知原因。

「好久不見，管制一號。我是齊亞德聯邦軍上尉——前先鋒戰隊戰隊長，辛耶・諾贊。」

蕾娜完全愣住了。

白銀色的大眼呆滯地瞪大，蕾娜抬頭看著如此報上名號的少年。

對方與自己年歲相仿——才剛從軍官學校畢業，年紀輕輕就已經兩度升官，獲得上尉的階級章。他有著夜黑種的漆黑髮色與焰紅種的血紅眼瞳，加上端正到略顯冷漠的白皙容貌。

蕾娜沒見過他的長相。

他們留給自己的照片畫質太粗糙，而且拍的是遠景，結果沒有一個人的臉看得清楚。

但是，聲音就……

這道靜謐又平穩，雖然有些冷漠，聽起來卻很舒服的聲音是——

「……辛……？」

果不其然，少年笑了。帶點苦笑的味道。

「妳還是第一次這樣叫我呢。對，是我，米利傑『少校』。」

「你還……活著……」

「是的，我又沒死成了。」

無論是這種有些冷淡的聲調，還是過分露骨的講話口氣。

蕾娜忍住差點奪眶而出的眼淚。

她不願因為淚眼婆娑而看不清楚，因為她覺得一旦眨眼——對方好像會消失不見。

取而代之地，她努力擠出笑容。

恐怕笑得很醜，但她管不了那麼多。

兩年了。

共和國停滯不前，最後終告毀滅的這兩年——他們有過什麼樣的遭遇？

他們翻越「軍團」遍布的支配區域，抵達異邦之地，穿起不同於母國的軍服。

只不過不用問也知道，他們這兩年來，必定一直在戰鬥。

因為他們說戰鬥到底是一種驕傲，是笑著踏上旅程的。

「……我一直在追你們。」

紅瞳加深了笑意。

「我知道。」

「我追上你們了喔。」

「是的。」

他那恬靜的聲調——不知為何，蕾娜不覺得有睽違多久。

蕾娜用雙手握住對方伸出的手，淚水終於不聽使喚地滾落，但臉上自然地浮現了微笑。

這句話本來沒機會說。

可是——終於能說出口了。

「今後——我也會與你們一同戰鬥。」

86
—不存在的戰區—
Why, everyone asked.
Without knowing that it is insult.

後記

向長距離武器伸出關愛之手！大家好，我是安里アサト。

重砲或飛彈在戰鬥機器人作品中最容易遭到冷落，應該說甚至常被當成空氣，但我覺得可以給它們更多活躍空間。偶爾我也想看看王牌座機被大範圍火力炸得不留情面又不講情調的樣子，超想看的。

事情就是這樣，這次的敵人是……

列車砲

搭載

電磁加速砲

這樣！現代超長距離砲「電磁加速砲」與第二次世界大戰超長距離砲「列車砲」夢幻同台！

……嗯，對不起，我就只是想這麼做而已，才不管什麼真實性呢。

然後，讓各位久等了。

為各位送上《86》第三集「─Run through the battlefront─（下）」。

這集「—Run through the battlefront—（下）」在初期大綱的階段，本來是更輕鬆的故事。

因為第一集實在太沉重了，所以我原本打算如同標題，把這集寫成八六們疾馳於全新戰場的爽快戰鬥且兼具娛樂性的故事！本來是這樣的。

誰知道一開始執筆，才發現根本不是那麼輕鬆的故事。

讀者只要讀過本篇就會知道是怎麼個不輕鬆法，但以作者我本人來說，最震驚的是辛有夠會破壞初期大綱。不只劇情發展，連結局都變了，結果初期大綱只剩下「敵人是電磁加速砲」這個要素，這到底怎麼回事……！

這次也來點註釋。

・尼塔特

裏海怪物＋世界最大級運輸機Ａｎ２２５夢想式（Мрія）的規格＋Ｂ２幽靈匿蹤轟炸機的外觀，就成了這個惡魔合體式的產物。附帶一提，這個武器類別是真實存在，但規格與用途都是我胡謅的。

嗯，我就只是想這麼做而已，才不管什麼真實（略）。

・高興了吧，這是你們最愛的地獄

第七章最後部分的這句台詞，來自決定推出漫畫版時責任編輯清瀨氏講過的話（我先聲明，這並不是發生了什麼可怕的狀況，只是開個小玩笑說「接下來會很忙喔」這樣）。當我聽到這句話時就下定決心，一定要讓軍曹之類的人來講！於是保留到現在才用。

・菲多

只講清瀨氏有厚此薄彼之嫌，所以也提一下同樣擔任責任編輯的土屋氏。

在第一集遭到擊毀的菲多之所以在第二集復活，一半是因為Ⅰ－Ⅳ老師的設計造型實在太可愛，一半則是因為土屋氏很愛菲多。

畢竟土屋氏可是每次開會，都問我菲多會不會復活呢……

最後是謝詞。

責任編輯清瀨氏、土屋氏，感謝兩位這次又從旁協助失控暴衝的我與不斷迷失方向的辛，一再精準指出問題所在。

しらび老師，這次幾乎整本都是戰鬥場面！所以讓您畫了好多帥氣的插圖。把很多問題都丟給您處理，真是抱歉。

Ⅰ－Ⅳ老師，這次有兩種大傢伙，真有看頭……！您當初接下機械設計的工作時，我就想找機會讓超長距離砲登場。真是太感動了。

負責漫畫版的吉原老師，每當拿到您精緻的角色草圖和魄力滿點的漫畫分鏡，總會讓我迫不及待想一讀為快！真希望連載能早點開始，好想趕快看到啊……！

然後是賞光買下本書的各位讀者。感謝大家一直以來的支持。到了第三集才終於將焦點放在辛的心理層面上，希望各位今後能繼續疼愛他。下次的第四集，我一定要寫個輕鬆愉快的故事！總算相會的他與她還有八六們之間七嘴八舌鬧哄哄的輕鬆小品！下次再見了！

那麼，願本書能暫時將各位帶往那追逐落日的征途，那徬徨於火紅夕陽與碧琉璃般暗夜的他的戰場。

後記執筆中BGM：青嵐血風録（ALI　PROJECT）

Kadokawa Light Novels

其實，原本只要那樣就好了

Kadokawa Fantastic Novels

作者：松村涼哉　插畫：竹岡美穗

被喚為惡魔的少年菅原拓娓娓道來，
揭露令眾人驚愕的真相——

某所國中的男學生K自殺身亡，留下一封遺書寫著「菅原拓是惡魔」。起因據說是包括K在內的四名學生受到菅原拓的霸凌。然而菅原拓在學校是最底層的不起眼學生，K則是深受愛戴的天才少年，加上霸凌事件沒有任何目擊者，使得整起案件疑點重重。

台灣角川

NT$180/HK55

Kadokawa Light Novels

重裝武器 1~11 待續

Kadokawa Fantastic Novels

作者：鎌池和馬　插畫：凪良

「假如穿越這片荒原後，
有美豔上空女郎等著我們就好了……」

為了執行「正統王國」運輸機救援任務，庫溫瑟和賀維亞在不停咒罵中努力穿越沙漠地雷區。然而，等待他們的卻是會使全世界染毒的人工化合物「七彩香草」。當笨蛋兩人組開始追查毒品出處時，身為貴族且是賀維亞的可愛妹妹的阿茲萊菲雅竟閃電到訪？

台灣角川

各 NT$180~280/HK$50~85

Kadokawa Light Novels

閃偶大叔與幼女前輩 1 待續

Kadokawa Fantastic Novels

作者：岩沢藍　插畫：Mika Pikazo

第23屆電擊小說大賞〈銀賞〉得獎作！
高中生與幼女前輩的超稀有戀愛喜劇！

黑崎翔吾是一名把熱情全投注在女童向偶像街機遊戲《閃亮偶像》的高中生。他努力搶下的遊戲排行冠軍寶座卻要被突然出現的小學生新島千鶴奪走！翔吾與千鶴為了爭奪遊戲權而彼此對立。然而，這次的遊戲活動中，「朋友」是掌握關鍵的要素……？

台灣角川

NT$250/HK$75

Kadokawa Fantastic Novels
©REKI KAWAHARA 2014
器的
作!!
絕對的
Reki Kawahara
川原 礫
illustration»Shimeji
插畫◎シメジ
THE ISOLATOR
realization of absolute solitude

國家圖書館出版品預行編目(CIP)資料

86—不存在的戰區—. Ep.3, Run through the battlefront / 安里アサト作；可倫譯. -- 初版. -- 臺北市：臺灣角川, 2018.08

冊；　公分

譯自：86—エイティシックス—. Ep.3, ラン・スルー・ザ・バトルフロント

ISBN 978-957-564-357-7(下冊：平裝)

861.57　　107009579

Kadokawa
Fantastic
Novels

86—不存在的戰區— Ep.3
—Run through the battlefront—（下）

（原著名：86—エイティシックス—Ep.3—ラン・スルー・ザ・バトルフロント—〈下〉）

２０１８年８月１６日　初版第１刷發行
２０２４年７月16日　初版第15刷發行

作　　者：安里アサト
插　　畫：しらび
機械設計：Ｉ－Ⅳ
日版設計：ＡＦＴＥＲＧＬＯＷ
譯　　者：可倫

發 行 人：台灣角川股份有限公司
總　　監：呂慧君
總 編 輯：蔡佩芬
主　　編：林秀儒
編　　輯：高韻涵
設計指導：陳晞叡
美術設計：莊捷寧
印　　務：李明修（主任）、張加恩（主任）、張凱棋、潘尚琪

發 行 所：台灣角川股份有限公司
地　　址：１０４台北市中山區松江路２２３號３樓
電　　話：（02）2515-3000
傳　　真：（02）2515-0033
網　　址：www.kadokawa.com.tw
劃撥帳戶：台灣角川股份有限公司
劃撥帳號：19487412
法律顧問：有澤法律事務所
製　　版：巨茂科技印刷有限公司
ＩＳＢＮ：978-957-564-357-7